A criação do mundo

E OUTRAS BELAS HISTÓRIAS INDÍGENAS

A criação do

mundo

E OUTRAS BELAS HISTÓRIAS INDÍGENAS

Emerson Guarani e
Benedito Prezia *(orgs.)*
Prefácio de
Betty Mindlin

Em memória de
Marçal Tupã'i, guarani,
Lourenço Rondon, bororo, e
Maninha Xukuru-Kariri,
pronunciadores de
belas e fortes palavras
indígenas, que não podem
ser esquecidas.

"Hoje estamos começando a sonhar
do fundo dos 500 anos que passamos
mergulhados no túnel do tempo.
Durante o longo caminho desse túnel,
foram exterminadas muitas culturas...
Só agora é que estamos com direito de ter
comunicação, através da escrita na nossa
própria língua, e recuperar nossas tradições.
Mas esse túnel do tempo mostra
que somos capazes de realizar sonhos que
sempre tivemos como povos diferentes e
valorizados dentro de nós mesmos."

João Mana, Kaxinauá, 1997

ÍNDICE

A mãe natureza

Nossas crenças

Nossas preces

Nossos poemas

Nossa sabedoria

PREFÁCIO

É tal a diversidade de povos e tradições indígenas com ampla documentação ao longo dos séculos e registros atuais que felizmente vão se avolumando, que não é fácil escolher um repertório pequeno e denso, capaz de entreabrir aos leitores nesgas do universo fascinante que representam. As fontes, embora numerosas, não são muito conhecidas; as falas de hoje, a memória oral ainda são pouco escritas, filmadas ou gravadas.

Os dois organizadores, assim, foram capazes de uma façanha original e deliciosa, com essas belas palavras desenhadas no papel. São dotados para tal. Emerson é um guarani, pesquisador universitário, pertence a um povo cujas marcas são a espiritualidade e a resistência diante de doloroso processo histórico. Benedito Prezia é estudioso, escritor, defensor dos índios, autor de muitos livros. Sabem que a humanidade é uma só, os seres humanos são iguais, mas as visões de mundo podem ser muito diferentes.

A visão dos índios que nos querem transmitir mostra um amor ao cosmos, à natureza, ao ambiente, ao futuro, a qual contrasta com a concepção de mundo dos tempos mercantis, do capitalismo, da tecnologia e da indústria. São valores, significados, anseios outros, assim como as relações sociais são outras.

É pela expressão artística que os autores querem nos fazer boquiabertos diante dos índios. Como ambos acentuam em suas explicações iniciais, procuraram incluir no livro não apenas mitos, sempre surpreendentes, indagadores da nossa origem, mas depoimentos de luta, reflexões sobre o cerne da existência e seu significado, poemas, preces, exemplos de um conhecimento ancestral bem distinto do corrente.

Recuperaram joias, como os textos de André Thevet do século XVI, capuchinho francês maravilhado com as explicações de mundo dos tupinambás. Suas crônicas parecem continuar em textos dos tupis atuais, como o povo tupiniquim.

Escolheram bons exemplos que, em vez de lucro e cobiça, espanto e questionamento sobre os caminhos e finalidade da existência, podem ser o cerne de uma sociedade. São eloquentes os pronunciamentos: de Davi Yanomami, pajé e um dos mais expressivos líderes

líderes indígenas do Brasil; de Nailton Muniz, pataxó *hã-hã-hãe*, no ano 2000; e os parágrafos, bastante difundidos, de Jean de Léry sobre os tupinambás, no século XVI. Mas incluem-se também os de autores indígenas de outros países, como a célebre *Carta da terra* do Cacique Seattle, mitos ou preces de índios mapuches da Argentina, dos índios dos Estados Unidos e do Canadá, como *sioux*, cheroquis, *shawnee*, *mohawk*, ou das Américas do Sul e Central, como quéchuas, incas e maias. É uma mistura bem-vinda de estilos, épocas e temas, como o fantasmagórico, o além, as metamorfoses de gente em plantas cultivadas, animais, astros, fogo, caça ou floresta.

Os guaranis e outros povos tupis têm uma forte presença neste livro, o que não é de espantar, pois, afinal, essa é a vertente dos dois organizadores – embora não a única. Contamos com guarani nhandeva, tupiniquim e tupinambá. E com muitos outros exemplos brasileiros, como a origem da mandioca pareci, do milho *kaingang*, do sol aruá, do criador *suruahá*, da caça ofaié, ou as exortações de duas mulheres, Eliana e Maninha, potiguara e xukuru-kariri, respectivamente.

No leque guarani ou tupi, e em outras línguas, é uma alegria verificar que há tantos relatos atuais, colhidos em reuniões ou no decorrer de trabalhos de colaboração com os índios. São inéditos, nova arte promissora.

Há um relato que merece destaque: o de Emerson Guarani, organizador deste livro, recitando-nos os ensinamentos de sua mãe, Kunhã Nimuendu, e de seu tio, da aldeia Araribá, em São Paulo. Uma vereda que muitos índios poderiam trilhar, contando a todos o que ouvem desde a infância.

Que este livro sirva de estímulo a muitos outros, descortinando o que temos de mais antigo e mais contemporâneo.

BETTY MINDLIN[1]
SÃO PAULO, 26 DE OUTUBRO DE 2010

1 Doutora em Antropologia pela Pontifícia Universidade Católica de São Paulo e autora de *Diários da floresta* (Terceiro Nome, 2006), entre outros livros.

Nota: Os nomes dos povos indígenas não dicionarizados estão grafados em itálico, assim como as palavras indígenas.

APRESENTAÇÃO

Quando tivemos a ideia de fazer esta coletânea, não nos veio em mente elaborar um livro acadêmico, nem uma coletânea de mitos. Quisemos recuperar algumas histórias sagradas, mitos, mas, sobretudo, reflexões da sabedoria indígena e a poética, que se revelam nas preces, nas elegias e nos próprios relatos míticos.

Recentemente descobriu-se a riqueza da poética indígena, até então relegada a publicações eruditas que ficavam nas prateleiras das universidades, ou esquecida em obras de pouco alcance editorial, ou simplesmente desconhecida. A publicação de muitos desses textos mostra que, apesar de tudo, já houve interesse por esse tipo de literatura.

De minha parte, como membro da comunidade guarani nhandeva e formado em Ciências Sociais, pelo Programa Pindorama da PUC-SP, considerei importante a divulgação de textos já publicados e também de outros que se conservavam na memória dos antigos de minha aldeia, como alguns relatos mitológicos e cantos tradicionais.

Com Benedito Prezia, militante da causa indígena há mais de 25 anos, descobri toda a beleza e sabedoria que esses povos apresentam em suas falas e em seus escritos, não só no Brasil, mas em todos os países da América. Por isso, decidimos fazer esta coletânea, envolvendo não apenas textos recentes, mas também falas que remontam à época da conquista do continente e ficaram esquecidas ou excluídas da nossa história e da nossa literatura.

Priorizamos, portanto, para a presente publicação, um material que tivesse um lado mais poético, religioso e da sabedoria tradicional, para que pudesse ser inspirador de várias áreas do conhecimento, principalmente das Ciências Humanas, deixando para um próximo livro textos de cunho mais político, sobre a luta e a resistência indígena, que incluiriam também as figuras de nossos líderes.

Havíamos selecionado vários textos que não puderam ser publicados por impedimento de autorização de seus autores ou editores, mas, apesar disso, esperamos que esta obra consiga atender ao objetivo inicial, trazendo um pouco mais de alento para este mundo tão marcado pela tecnologia e pelo individualismo, e nossa geração possa refletir sobre sua real responsabilidade frente à destruição do planeta.

Queremos ajudar a construir outro Brasil, onde os indígenas tenham lugar e possa haver um efetivo diálogo entre as várias culturas e formas de conhecimento.

EMERSON GUARANI, KUNUMI GUYRÁ MORANTIM

AINDA UMA PALAVRA

Durante muito tempo, os indígenas da América foram vistos como selvagens, preguiçosos, atrasados. Sua religião era feitiçaria, e suas histórias, sagradas, lendas.

A partir do final do século XIX, houve um despertar para essas culturas, vistas ainda com o olhar europeu, que buscava entendê-las. Suas tradições foram classificadas como "pensamento selvagem", que pouca coisa tinha a acrescentar à cultura ocidental, atraindo o pesquisador mais pelo exotismo do que por seu valor intrínseco. Seus rituais e crenças continuavam sendo exorcizados pela maior parte dos missionários e das igrejas.

Somente na metade na década de 1930, no século passado, os pesquisadores e antropólogos começaram a fazer uma nova trajetória, descobrindo esse outro mundo, com suas riquezas e desafios. Convém destacar o grande Lévi-Strauss, recentemente falecido, cujo livro, com o questionador título *O pensamento selvagem*, fez com que o Ocidente passasse a ter outro olhar frente a essas culturas.

Hoje já se fala da dimensão poética desses escritos, que muitas vezes ficava escondida pelas análises antropológicas ou era simplesmente negada. É o que lamentava recentemente Pedro de Niemeyer Cesarino, ao afirmar que foi construída "uma muralha diante das sociedades indígenas, cujos conhecimentos estéticos são ignorados pela cultura letrada"[2].

Essa poética milenar sempre existiu nas populações ameríndias, como se pode ver nos textos maias, astecas e incas, as obras clássicas de *Popol Vuh*, o livro sagrado maia, recentemente publicado no Brasil (Iluminuras, 2007). Não se podem esquecer outras obras, como a coletânea de textos dos guaranis *mbyá* do Paraguai, recolhida e comentada por Pierre Clastres, com o título *A fala sagrada* (Papirus, 1990), e o mais recente trabalho sobre mitos tupis, analisados sob uma ótica literária por Alberto Mussa, *Meu destino é ser onça* (Record, 2009).

A proposta de nossa publicação é colocar em evidência este viés de sabedoria e de beleza literária, para que se conheça tal acervo e se devolva aos povos indígenas seu patrimônio.

2 Os Poetas. In: *Suplemento Mais*! São Paulo: Folha de S.Paulo, 18.1.2009, p. 4.

Escolhemos textos não apenas de indígenas do Brasil, como também de outros países da América, com mitos e depoimentos, que fazem parte desse tesouro cultural de nosso continente.

Esse lirismo encontra-se nos mais diversos povos, como entre os inuítes da região ártica, tal se vê neste pequeno poema do xamã Uvarnuk:

Ó grande mar
leva-me à deriva,
arrasta-me
como a erva num grande rio.
A terra e o tempo
me levam,
carregam-me além
e movem as minhas entranhas com alegria.[3]

Temos também nossos poetas indígenas, como o bororo Cibae Ewororo, cujo nome português é Lourenço Rondon, falecido em 2002. Ao apresentar os depoimentos indígenas das primeiras Assembleias dos Chefes Indígenas (1974-1975), escreveu:

O homem branco, aquele que se diz civilizado, pisou duro não só na terra, mas na alma de meu povo, e os rios cresceram, e o mar se tornou mais salgado porque as lágrimas da minha gente foram muitas. [4]

Embora tenhamos criado uma seção específica para os poemas, não deixamos de considerar a qualidade poética dos demais textos, pois todos, à sua maneira, têm um valor literário.

Infelizmente muitos relatos não puderam ser aqui inseridos, devido às limitações dos direitos autorais, que impediram a divulgação de textos de indígenas não só da América Latina, como também da América do Norte.

Entretanto, esperamos que o leitor brasileiro possa conhecer algumas joias de nossa literatura ameríndia.

Benedito Prezia

3 In: MCLUHAN, T. C. *Pés nus sobre a terra sagrada*. Porto Alegre: L&PM, 1996, p. 26.

4 In: *Revista de Cultura Vozes*. A voz dos que não tinham voz. Petrópolis: Vozes, (70), v. 3, 1976, p. 195.

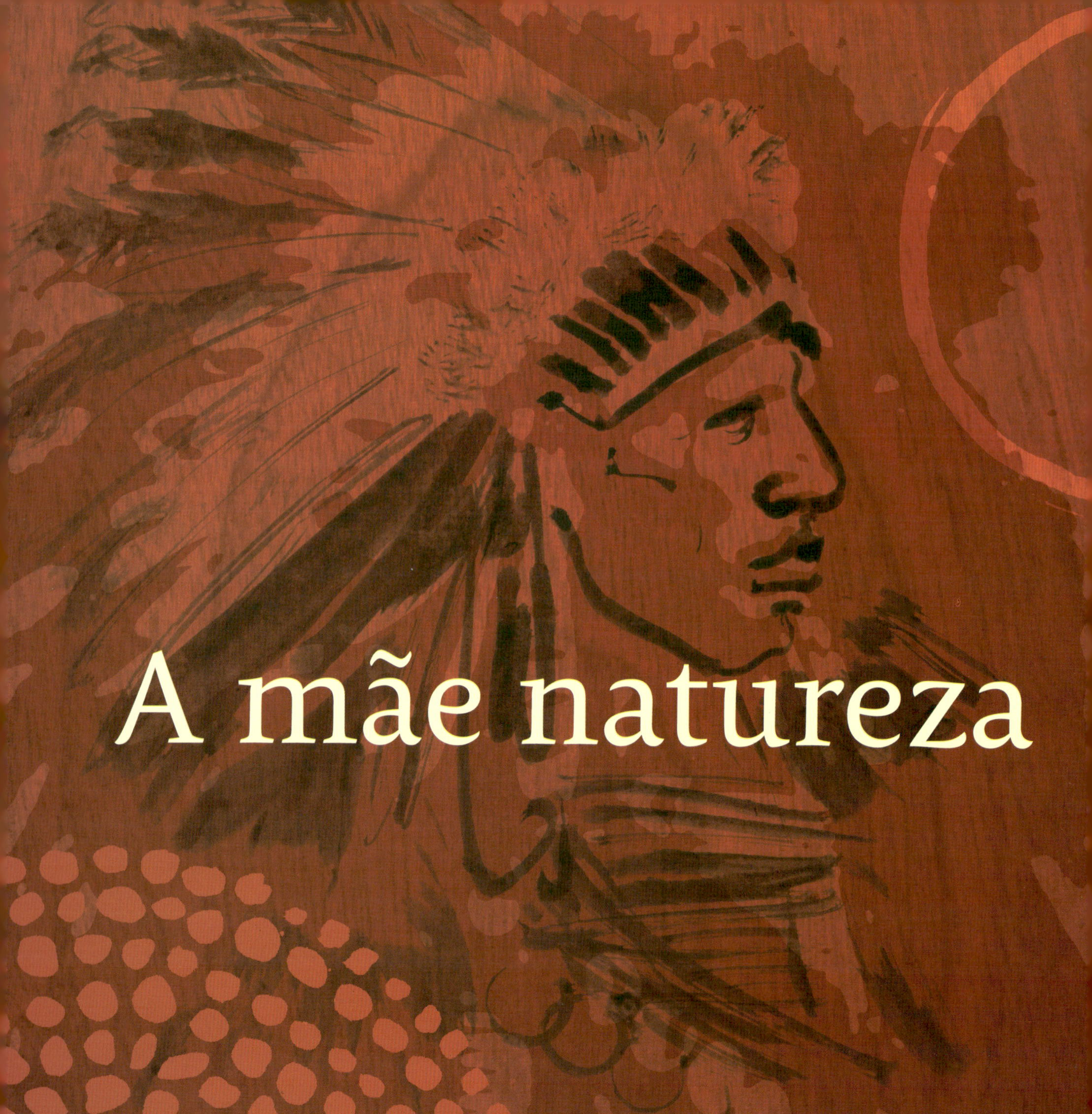

A mãe natureza

A terra para nós é pai, mãe.
Assim como a mãe tira do seu próprio corpo
o alimento que dá vida ao filho,
assim do seio da terra
tiramos nossa sobrevivência.

MARÇAL TUPÃ'I, GUARANI NHANDEVA

Carta da terra

Em 1855, respondendo ao presidente Franklin Pierce, que exigia a venda da terra de seu povo, o cacique Seattle, do povo squamish, *do noroeste dos Estados Unidos, fez este pronunciamento, que se tornou uma carta de princípios de preservação da natureza.*

COMO É QUE SE PODE COMPRAR OU VENDER O CÉU, O CALOR DA TERRA? Essa ideia nos parece estranha. Se não possuímos o frescor do ar e o brilho da água, como é possível comprá-los?

Cada pedaço desta terra é sagrado para meu povo. Cada ramo brilhante de um pinheiro, cada punhado de areia das praias, a penumbra na floresta densa, cada clareira e inseto a zumbir são sagrados na memória e experiência de meu povo. A seiva que percorre o corpo das árvores carrega consigo as lembranças do homem vermelho.

Os mortos do homem branco esquecem sua terra de origem quando vão caminhar entre as estrelas. Nossos mortos jamais esquecem esta bela terra, pois ela é a mãe do homem vermelho. Somos parte da terra, e ela faz parte de nós. As flores perfumadas são nossas irmãs; o cervo, o cavalo, a grande água são nossos irmãos. Os picos rochosos, os sulcos úmidos nas campinas, o calor do corpo do potro e o homem, todos pertencem à mesma família.

Portanto, quando o Grande Chefe em Washington manda dizer que deseja comprar nossa terra, pede muito de nós. O Grande Chefe diz que nos reservará um lugar onde possamos viver satisfeitos. Ele será nosso pai, e nós seremos seus filhos. Portanto, nós vamos considerar sua oferta de comprar nossa terra. Mas isso não será fácil. Esta terra é sagrada para nós.

Essa água brilhante que escorre nos riachos e rios não é apenas água, mas é o sangue de nossos antepassados. Se lhes vendermos a terra, vocês devem lembrar-se de que ela é sagrada; devem ensinar às suas crianças que ela é sagrada e cada reflexo nas águas límpidas dos lagos fala de acontecimentos e lembranças da vida do meu povo. O murmúrio das águas é a voz de meus ancestrais.

Os rios são nossos irmãos, saciam nossa sede. Os rios carregam nossas canoas e alimentam nossas crianças. Se lhes vendermos nossa terra, vocês devem lembrar e ensinar a seus filhos que os rios são nossos irmãos e seus também. E, portanto, vocês devem dar aos rios a bondade que dedicariam a qualquer irmão.

Sabemos que o homem branco não compreende nossos costumes. Uma porção da terra, para ele, tem o mesmo significado que qualquer outra, pois é um forasteiro que vem à noite e extrai da terra aquilo de que necessita. A terra não é sua irmã, mas sua inimiga, e, quando ele a conquista, prossegue seu caminho. Deixa para trás os túmulos de seus antepassados e não se incomoda. Rouba da terra aquilo que seria de seus filhos e não se importa. A sepultura de seu pai e os direitos de seus filhos são esquecidos. Trata sua mãe, a terra, e seu irmão, o céu, como coisas que possam ser compradas, saqueadas, vendidas como carneiros ou enfeites coloridos. Seu apetite devorará a terra, deixando atrás de si desertos.

Eu não sei, nossos costumes são diferentes dos seus. A visão de suas cidades fere os olhos do homem vermelho. Talvez seja porque o homem vermelho é um selvagem e não compreenda.

Não há um lugar quieto nas cidades do homem branco. Nenhum lugar onde se possa ouvir o desabrochar de folhas na primavera ou o bater das asas de um inseto. Mas talvez seja porque eu sou um selvagem e não compreendo. O ruído parece somente insultar os ouvidos. E o que resta na vida se um homem não pode ouvir o pio solitário de uma ave ou o ruído dos sapos ao redor de uma lagoa, à noite? Eu sou um homem vermelho e não compreendo. O índio prefere o suave murmúrio do vento encrespando a face e o próprio vento, limpo por uma chuva diurna ou perfumado pelos pinheiros.

O ar é precioso para o homem vermelho, pois todas as coisas compartilham o mesmo sopro: o animal, a árvore, o homem, todos compartilham o mesmo sopro. Parece que o homem branco não sente o ar que respira. Como um homem agonizante há vários dias, é insensível ao mau cheiro. Mas se vendermos nossa terra ao homem branco, ele deve lembrar que o ar é precioso para nós, que o ar compartilha seu espírito com toda a vida que mantém.

O vento que deu a nosso avô seu primeiro inspirar também recebe seu último suspiro. Se lhe vendermos nossa terra, vocês devem mantê-la intacta e sagrada, como um lugar onde até mesmo o homem branco possa ir saborear o vento adocicado pelas flores dos prados.

Portanto, vamos meditar sobre sua oferta de comprar nossa terra. Se decidirmos aceitar, imporei uma condição: o homem branco deve tratar os animais desta terra como seus irmãos.

Sou um homem selvagem e não compreendo qualquer outra forma de agir. Vi um milhar de búfalos apodrecendo na planície, abandonados pelo homem branco que os alvejou de um trem ao passar. Eu sou um selvagem e não compreendo como é que o "fumegante cavalo de ferro" pode ser mais importante que o búfalo, que sacrificamos somente para permanecer vivos.

O que é o homem sem os animais? Se todos os animais se fossem, o homem morreria de uma grande solidão de espírito. Pois o que ocorre com os animais breve acontecerá com o homem. Há uma ligação em tudo.

Vocês devem ensinar às suas crianças que o solo a seus pés é a cinza de nossos avós. Para que respeitem a terra, digam a seus filhos que ela foi enriquecida com as vidas de nosso povo. Ensinem às suas crianças o que ensinamos às nossas, que a terra é nossa mãe. Tudo o que acontecer à terra acontecerá aos filhos da terra. Se os homens cospem no solo, estão cuspindo em si mesmos.

Isto sabemos: a terra não pertence ao homem, o homem pertence à terra. Isto sabemos: todas as coisas estão ligadas como o sangue que une uma família. Há uma ligação em tudo.

O que ocorrer com a terra recairá sobre os filhos da terra. O homem não tramou o tecido da vida: ele é simplesmente um de seus fios. Tudo o que fizer ao tecido fará a si mesmo.

Mesmo o homem branco, cujo Deus caminha e fala com ele de amigo para amigo, não pode estar isento do destino comum. É possível que sejamos irmãos, apesar de tudo. Veremos. De uma coisa estamos certos, e o homem branco poderá vir a descobri-la um dia: nosso Deus é o mesmo Deus. Vocês podem pensar que O possuem, como desejam possuir nossa terra. Mas não é possível. Ele é o Deus do homem, e Sua compaixão é igual para o homem vermelho e para o homem branco. A terra lhe é preciosa, e feri-la é desprezar seu criador. Os brancos também passarão, talvez mais cedo que todas as outras tribos. Contaminam suas camas, e uma noite serão sufocados pelos próprios dejetos.

Mas quando de sua desaparição, vocês brilharão intensamente, iluminados pela força do Deus que os trouxe a esta terra e por alguma razão especial lhes deu o domínio sobre a terra e o homem vermelho. Esse destino é um mistério para nós, pois não compreendemos por que todos os búfalos são exterminados, os cavalos bravios são todos domados, os recantos secretos da floresta densa são impregnados do cheiro de muitos homens e a visão dos morros é obstruída por fios que falam.

Onde está o arvoredo? Desapareceu.

É o final da vida e o início da sobrevivência.

Cacique Seattle, do povo *squamish*[5]

5 Este povo vive no Estado de Washington, no noroeste dos Estados Unidos, e também no Canadá. Há várias versões desse pronunciamento, que foi divulgado pela ONU em 1980.

A todos os povos da terra

Pajé da aldeia Demini, em Roraima, o yanomami *Davi Kopenawa entregou cópia desta carta ao Presidente José Sarney, em Boa Vista (RR), no dia 1º de setembro de 1989. Testemunha do drama vivido pelo seu povo desde 1987, com a grande invasão garimpeira, ameaçou devolver o Prêmio Global 500, que recebeu em 1988 do Programa das Nações Unidas para o Meio Ambiente, se o governo brasileiro não tomasse providências urgentes para evitar o genocídio do seu povo.*

O governo não está nos respeitando. Ele pensa em nós como animais.

Nós temos o direito de reclamar. Pessoal de fora ajuda a gente, mas se a gente não faz nada, eles não podem ajudar. Se a gente manda para lá uma carta, eles vão pressionar o nosso governo, mexer alguma coisa.

Eu estou pensando muitas coisas. Eu sou *yanomami*. Nós, *yanomami*, pensamos que o homem branco era bom para nós. Agora eu estou vendo que é a última invasão da terra indígena, as outras já estão invadidas. Chegaram para tomar a nossa terra. Estão tomando. Outro pessoal de fora está ensinando o brasileiro a destruir o nosso lugar.

A mesma coisa aconteceu lá fora com outros irmãos índios, na América, agora acontece aqui na nossa terra. O governo não deveria fazer isso. Ele sabe que nós somos os brasileiros mais antigos, que nascemos aqui, que nos chamamos *yanomami*. O nosso nome é conhecido no mundo. Não sabemos de dinheiro, sapato, roupa, poucos *yanomami* entendem o que está acontecendo. O governo nos pegou de surpresa. Eu estou começando a entender.

O governo não conhece o nosso costume, o nosso pensamento. Nós também não conhecemos os costumes e o pensamento do governo. Eles só conhecem negócio de dinheiro. O nosso pensamento é a terra. Nosso interesse é preservar a terra, para não criar doença para o povo do Brasil, não só dos índios. Garimpeiro, posseiro não têm terra, por isso eles invadem a terra dos índios. Se eles tivessem a sua terra, eles não invadiriam a nossa área.

Eu também vejo o branco sofrer na cidade, fome, tudo caro, falta de casa, comida, todos estão sofrendo. Eles estão preocupados, mas não têm coragem para pressionar o nosso chefe presidente. Ele também está enganando o povo dele, porque Sarney é também mandado por outros países para destruir a nossa terra, fazer estradas, tirar minério.

O governo é também mandado por outro homem rico: quando ele pede dinheiro de fora, ele dá o dinheiro para maltratar a nossa terra.

Os rios, os peixes, as matas estão pedindo socorro, mas o governo não está sabendo escutar. Ele diz que nós vamos morrer de fome se fechar o garimpo. Se eles não pararem de garimpar, nós vamos, sim, morrer de fome. Mas se parar o garimpo, nós plantamos macaxeira, banana, cará, taioba, mamão, cana, pupunha, e ninguém morre de fome.

Nós, *yanomami*, queremos nossa terra própria. Não queremos acabar com nossos costumes. Até hoje não perdemos nossa língua e a terra, por isso essa luta. Este governo é nosso chefe, mas não está fazendo bem para o povo brasileiro viver em paz.

(...) Na nossa terra temos muitas serras. *Koimak* é o pico da Neblina. *Hakomak* é o Peito da Moça. *Watonik* é o pico Rondon, *Kuumak* é a serra do Taraqua, *Yapihukak* é a serra Lobo de Almada. *Arahaikyk* é a serra do Catrimani, e tem muitas outras serras. Dentro das serras moram os *Xapori*, *Hekura*, os espíritos na natureza. Entre as serras tem os caminhos dos *Xapori*; ninguém vê, só o pajé conhece essas ligações.

As serras são lugares sagrados, onde nasceram os primeiros *yanomami*, onde as suas cinzas foram enterradas. Os nossos velhos deixaram seus espíritos nesses lugares. Nós, *yanomami*, queremos que as serras sejam respeitadas, não queremos que sejam destruídas. Queremos que esses lugares sejam preservados para não acabar com nossa história e nossos espíritos.

Nós chamamos os *Hekura* para curar nossos doentes. Há muitos anos os usamos, eles não acabam. *Omamê* (Deus) deixou esses espíritos para defenderem o povo *yanomami*. *Omamê* é muito importante para os índios *yanomami*, os macuxis, os uapixanas e todos os brancos, todos os negros: ele deu origem a todos, ao mundo inteiro. Por isso, é muito importante preservar as serras onde o espírito dele mora. Gostaria que os brancos entendessem essa história antiga, que a respeitassem.

Nós, *yanomami*, queremos os brancos do lado dos índios para não deixar invadir nossa terra. Nós queremos que os brancos ajudem a defender, para não prejudicar nossas vidas.

Eu, Davi Kopenawa Yanomami, quero ajudar os brancos a aprenderem conosco a fazer um mundo melhor.

BOA VISTA, 31 DE AGOSTO DE 1989

DAVI KOPENAWA YANOMAMI[6]

6 O povo *yanomami* vive no noroeste de Roraima, nordeste do Amazonas e sul da Venezuela, conservando a cultura tradicional e considerando a floresta uma importância fundamental na sua vida. Este documento foi publicado no 2º Relatório da Ação pela Cidadania, *YANOMAMI. A todos os povos da terra*. São Paulo: CCPY, Cedi; Brasília: Cimi, NDI, 1990, p. 43-46.

Nós vemos a obra do Grande Espírito
em quase tudo que existe: no sol, na lua,
nas árvores, nos ventos,
nas montanhas...
Acreditamos num Ser Supremo,
com uma fé mais forte
que a de muitos "brancos"
que nos chamam de pagãos.

TATANGA MANI, BÚFALO CAMINHANTE,
DA NAÇÃO STONEY (CANADÁ)

Nossas crenças

As origens

Relato maia

Esta é a relação de como tudo estava suspenso, tudo em calma, em silêncio; tudo imóvel, calado, e vazia a extensão do céu.

Esta é a primeira relação, o primeiro discurso. Ainda não havia um homem, nem um animal, pássaros, peixes, caranguejos, árvores, pedras, cavernas, barrancos, ervas nem matas: só existia o céu.

A face da terra não se manifestava. Só havia o mar em calma e o céu em toda sua extensão.

Não havia nada justo, que fizesse ruído, nem coisa alguma que se movesse, nem se agitasse, nem fizesse ruído no céu.

Não havia nada que estivesse em pé; só água em repouso, o mar aprazível, só e tranquilo. Não havia nada dotado de existência.

Havia somente imobilidade e silêncio na escuridão, na noite.

Só o criador, o formador, Tepev, Quq Kumatz[7], os progenitores estavam na água rodeada de claridade. Estavam ocultos debaixo de penas verdes e azuis, por isso são chamados Quq Kumatz (Quetzal).

De grandes sábios, de grandes pensadores é sua natureza.

Dessa maneira, existiam o céu e também o coração do céu, pois este é o nome de Deus. Assim contavam.

Chegou aqui então a palavra e vieram juntos Tepev e Quq Kumatz. Falaram, pois, consultando entre si e meditando; puseram-se de acordo, juntaram suas palavras e seu pensamento.

Então se manifestou com clareza, enquanto meditavam, que quando amanhecesse devia aparecer o homem. Então dispuseram a criação, o crescimento das árvores e dos cipós, o nascimento da vida e a criação do homem.

Foi determinado assim nas trevas e na noite pelo coração do céu, que se chama *Hur Aqan* (uma perna)[8].

O primeiro chama-se *Ka Kulahá Hur Aqan* (raio de uma perna; relâmpago).

O segundo é *Chipi Ka kulahá* (raio pequeno).

O terceiro é *Raxa Ka kulahá* (raio verde).

Estes três são o coração do céu.

Então vieram juntos Tepev e Quq Kumatz; conferenciaram sobre a vida e

7 Para os nomes das entidades, seguimos a grafia proposta por Brotherston & Medeiros em *Popol Vuh*. São Paulo: Iluminuras, 2007, p. 49.

8 É o nome de um dos dias do calendário maia. Dele originou-se a palavra espanhola *huracán*, que resultou no vocábulo português furacão. É possível que um grande furacão tenha ocorrido justamente no seu dia.

a claridade, como se fará para que fique claro e amanheça, quem será o que produzirá o alimento e o sustento.

– Faça-se assim! Que se encha o vazio! Que esta água se retire e desocupe (o espaço). Que surja a terra e se firme!

Assim disseram:

– Que fique claro, amanheça no céu e na terra!

– Não haverá glória nem grandeza em nossa criação e formação até existir a criatura humana, o homem formado – assim disseram.

Em seguida, a terra foi criada por eles. Na verdade, foi assim que se fez a criação da terra:

– Terra – disseram, e instantaneamente foi feita.

Como a neblina, a nuvem e uma poeirada foi a criação, quando surgiram da água as montanhas; e instantaneamente cresceram as montanhas.

Somente por um prodígio, só por arte mágica se realizou a formação das montanhas e dos vales; e instantaneamente brotaram juntos os bosques de ciprestes e os pinheirais na superfície.

E assim Quq Kumatz encheu-se de alegria, dizendo:

– Boa foi tua vinda, coração do céu. Ru, Hur Akan, e tu, Chipi Ka kulahá, Raxa Ka kulahá!

– Nossa obra, nossa criação será terminada – responderam.

Popol Vuh

Primeiro Canto, II-IV, v. 95-240[9]

9 POPOL VUH. Las antiguas historias del Quiché. Tradução espanhola do original e notas de Adrián Recinos, México: FCE (Col. Popular, v. 11), 1981. Ap. SUESS, Paulo (org.). *A conquista espiritual da América Espanhola.* Petrópolis: Vozes, 1992, p. 26-27. Versão para o português de Jaime Agostín Clasen.

A criação do mundo

Relato tupinambá

Assim contam os tupinambás sua crença sobre o que ocorreu na terra, a respeito de um personagem que chamam de *Monã,* a quem atribuem as mesmas perfeições que damos a Deus. Dizem que é sem fim e sem começo, existindo desde sempre, e criou o céu, a terra, os pássaros, os animais que povoam a terra, embora não se refiram ao mar, criado por *Amaná Tupã,* que quer dizer na sua língua "nuvens de Tupã".

O mar surgiu devido a um fato ocorrido na terra, que antigamente era única e achatada, sem montanha alguma, produzindo tudo para o sustento dos homens.

Eis como surgiu o mar.

Como os homens viviam usufruindo a vida, beneficiando-se do que produzia a terra, fecundada pelo orvalho do céu, se esqueceram de suas tradições e passaram a viver desordenadamente. Entraram em tão grande desregramento que começaram a desobedecer a Monã, que naquela época vivia com eles em grande familiaridade.

Monã, vendo a ingratidão dos homens, sua maldade e o desprezo que lhe votavam, ao trair seus planos, afastou-se deles. Mandou então *Tatá*, o fogo do céu, que queimou e destruiu tudo o que estava sobre a terra. Esse fogo consumiu as coisas de tal maneira que abaixou a terra de um lado e a levantou de outro, deixando-a como hoje conhecemos, com seus vales, colinas e montanhas, além dos vastos e belos campos.

De todos os homens que então viviam, salvou-se apenas um, que se chamava Irin-Magé, que Monã levou para o céu, ou para outro lugar, a fim de colocá-lo a salvo desse fogo que consumia tudo. Irin-Magé, vendo tudo destruído, dirigiu-se a Monã, com suspiros e lágrimas e disse-lhe:

– Desejará também destruir o céu e o que ele contém? Onde será nossa morada? Que me adiantará viver, não havendo ninguém que se me assemelhe?

Monã, diante dessas palavras, foi tomado de compaixão, e para remediar o mal que fez à terra, devido à maldade dos homens, fez chover de tal maneira sobre a terra que aquele incêndio se apagou.

Não podendo a água retornar às nuvens, ela foi represada, seguindo alguns caminhos que a levaram para regiões onde ficava presa de todos os lados. A essa grande quantidade de água represada foi dado o nome de *Paranã*, que significa amargura, e é o nome dado ao mar[10].

Dizem que o mar é assim amargo e salgado, como se apresenta hoje, porque a terra, tendo sido transformada em cinza devido ao incêndio enviado por Monã, deu esse sabor ao grande Paraná, ao mar que envolve a Terra.

Monã, vendo que a terra tinha voltado à sua primitiva beleza e o mar a havia engalanado, envolvendo-a por todos os lados, incomodando-se que esse belo cenário permanecesse sem ninguém o cultivar, chamou Irin-Magé e lhe deu uma esposa para que repovoassem o mundo de pessoas melhores do que os primeiros habitantes da Terra.

De Irin-Magé descendem todos os homens que viviam antes de haver o grande dilúvio que, segundo eles, veio mais tarde.

Relato do povo tupinambá do Rio de Janeiro, século XVI[11]

10 Na realidade, *paranã* origina-se da composição dos vocábulos *pará* (muito, grande quantidade) e *anãma* (parente, semelhante), designando o mar como "uma quantidade de água semelhante a um grande rio". Os grandes rios do Brasil, como o Amazonas e o São Francisco, foram chamados de Pará.

11 Relato colhido pelo capuchinho francês Fr. André Thevet, que esteve no Rio de Janeiro entre 1555-1556, por ocasião da frustrada colônia França Antártica (1550-1567). Os tupinambás ocuparam uma extensa região litorânea, desde o atual Estado de São Paulo até o baixo Amazonas, divididos em vários subgrupos. In: THEVET, Fr. André. *La Cosmographie Universelle*. Paris: Guillaume Chaudiere, 1575, v. 2, fl. 913-914. Tradução para o português de Benedito Prezia.

O dilúvio universal

Relato tupinambá

EIS O QUE CONTAM OS TUPINAMBÁS SOBRE O DILÚVIO, QUE SEGUNDO eles, foi geral e universal.

Sumé, que era um grande pajé e caraíba[12], descendente da estirpe daquele que eles haviam queimado, teve dois filhos: um, chamado Tamanduaré, e outro, Arikuté, que eram bem diferentes entre si e por isso odiavam-se mortalmente.

Tamanduaré era trabalhador e bom pai de família, tendo mulher e filhos e gostava de cultivar a terra. Arikuté, ao contrário, não se preocupava com a lavoura, cuidando apenas de guerrear e subjugar todas as nações vizinhas, inclusive a de seu irmão.

Certo dia, este guerreiro, voltando de uma batalha, trouxe a seu irmão o braço de um de seus inimigos, dizendo-lhe com orgulho e arrogância:

– Veja lá, seu medroso, logo terei sua mulher e seus filhos sob o meu poder, pois você é muito frouxo para se defender!

Aquele líder, ouvindo seu irmão falar dessa maneira, ficou ferido no seu orgulho e lhe respondeu:

– Se você fosse tão valente, como diz, deveria ter-me trazido o inimigo inteiro!

Arikuté, irritado com essa resposta, jogou aquele braço na porta da casa de seu irmão. No mesmo instante, a aldeia onde estava foi levada ao céu, enquanto eles ficaram na terra com suas famílias.

Tamanduaré, vendo isso, ou por espanto ou raiva, bateu com tanta força

12 Caraíba é o nome dado aos pajés ambulantes, considerados "profetas", e aos heróis civilizadores.

na terra, que dali jorrou uma grande torrente d'água, tão forte, que em pouco tempo a água atingiu as colinas, cobrindo todo o litoral, parecendo alcançar as nuvens. A água continuou jorrando até que a terra inteira ficou coberta.

Quando perceberam esse dilúvio, os dois irmãos procuraram salvar-se, subindo nas montanhas mais altas da região. Para escapar da água, eles e suas esposas buscaram subir em alguma árvore. Tamanduaré subiu na *pindó,* isto é, numa palmeira, levando consigo uma de suas esposas, e Arikuté subiu com sua esposa em outra árvore, chamada jenipapeiro. Ali ficaram, esperando que as águas baixassem.

Estando nas árvores, Arikuté deu do fruto da árvore à sua esposa, dizendo-lhe:

– Quebre este fruto e jogue-o para baixo.

E fazendo isso viram que ainda não era tempo de descer para os vales, pois as águas ainda estavam muito altas.

Essa inundação atingiu todos os homens e animais da terra, que morreram afogados, exceto os dois irmãos com suas esposas, dos quais descendem dois povos: os tupinambás e os tobajaras guaianás, chamados de temiminós, os quais vivem em constante discórdia e guerra.

Assim os tupinambás, querendo vangloriar-se, dizem que são melhores que seus vizinhos, e por isso falam: "Somos descendentes de Tamanduaré, e você é descendente de Arikuté". Com isso, querem insinuar que Tamanduaré era um homem de melhor estirpe que Arikuté.

Relato do povo tupinambá de aldeia do Rio de Janeiro, século XVI[13]

13 In: THEVET, Fr. André. *La Cosmographie Universelle.* Paris: Guillaume Chaudiere, 1575, v. 2, fl. 913-920. Tradução para o português de Benedito Prezia.

Maíra-Poxy

Relato tupinambá

Um chefe de família tupinambá, de grande importância, tinha em sua casa, como se fosse seu servo ou escravo, um parente do grande Monã, que se chamava Maíra-Poxy[14] e ali vivia.

Este Poxy, embora fosse feio e desfigurado, era de grande serventia para seu senhor, pois quando ia à caça ou à pesca, nunca voltava sem trazer alguma coisa, pois ele conhecia os segredos de Monã. Ele próprio era um grande caraíba, embora as pessoas não conhecessem seus dons, seu poder e sua capacidade de transformação.

Certo dia, Maíra-Poxy, vindo da pescaria, trouxe um peixe do qual a *kunhanté,* isto é, a filha de seu senhor, pediu-lhe um pedaço, e ele concordou. Logo que comeu, sentiu que estava grávida de *kunumi-mirim*, isto é, de uma criança. Antes do tempo, sem esperar toda a gestação como as demais mulheres, ela deu à luz a uma criança forte e bela.

Todos os parentes ficaram surpresos com tal fato, sobretudo a mãe, que se tornara uma zelosa guardiã da criança. Quando lhe perguntaram o que havia acontecido para ter aquele filho, respondeu que jamais homem algum a havia tocado.

Mesmo assim, obrigaram todos os homens da aldeia a comparecerem no pátio da aldeia, cada um trazendo seu arco e flecha, para apresentar à criança e ver se ela pegava, para confirmar quem era realmente seu pai, como haviam sido orientados pelos antigos caraíbas.

Mas o menino recusou-se a pegar os arcos daqueles que o apresentaram. A mãe finalmente sugeriu que Maíra-Poxy comparecesse também. Ele se apresentou com seu arco e logo que a criança o viu, pegou seu arco. As pessoas imediatamente começaram a murmurar contra Poxy, sem se preocupar com seu poder de prejudicar os demais. Depois foram embora, deixando a mãe e a criança.

Esse menino logo se tornou grande, crescendo num dia o que os outros demorariam meio ano. Além disso, no lugar onde vivia esse Maíra, havia abundância de tudo. E onde os outros viviam era estéril, sem nenhum alimento, de tal forma que as pessoas morriam de fome.

Por isso, Poxy disse à mulher:

– Vai e conduz este menino sem pai para visitar seus parentes e levar-lhes alimentos desse lugar, a fim de que eles matem a fome. Convida-os para visitar-nos um dia.

14 Poxy significa feio.

A mulher foi vê-los, levando milho e algumas raízes, parecidas com nosso nabo (mandioca), que são bem nutritivas. Levou também seu filho. Chegando lá, entregou os alimentos à sua mãe e convidou a todos – pai, irmãos e parentes – para visitá-la e aproveitar dos alimentos de sua aldeia e de sua casa.

Aceitaram imediatamente, mais pela necessidade que tinham dos alimentos do que pela amizade que poderiam ter para com Poxy ou a filha do cacique. Isso Poxy logo percebeu e quis vingar-se deles.

Chegando à residência rústica deste Maíra-Poxy, no caminho, perto da casa, as pessoas encontraram belas roças, cheias de fava, feijão, abóbora, batata-doce, mandioca e outros alimentos bem diferentes dos que conheciam. Os parentes da moça, como se estivessem com fome ou atraídos pela beleza das roças, não resistiram em tirar esses produtos, embora algumas pessoas da família lhes aconselhassem a não fazê-lo, sabendo que Poxy poderia ficar ofendido com isso. Mas elas não levaram em conta isso e comeram, sendo transformados imediatamente em porcos, em maracanã, que é uma espécie de papagaio, e em outras aves. Apenas o pai e a mãe da moça e alguns de seus parentes não foram atingidos por essa estranha metamorfose.

Seu pai e sua mãe ficaram muito surpresos, reconhecendo o erro que cometeram, lembrando-se de Poxy, que os odiava e os desprezava. Sabendo que não tinham recebido ordem para voltar para sua terra, ficaram muito tristes.

Entretanto, Maíra-Poxy repreendeu seu sogro e disse-lhe que ia pedir à sua filha para lhes levar água numa vasilha, pois lavando-se nessa água não deveriam temer tais transformações. Mas o sogro, não acreditando naquelas palavras, foi lavar-se numa fonte próxima e, imediatamente, foi transformado em jacaré.

A mulher, que havia acompanhado seu marido, foi transformada em tartaruga de água doce, que eles chamam de tracajá. Os demais parentes entraram na casa, mas logo que comeram os alimentos que ali havia foram transformados em grilos e gafanhotos, que chamam de tucura.

Foi assim que Maíra-Poxy vingou-se de todos os que haviam falado mal dele, pelo fato de ter engravidado a moça. Depois disso, ficou com tanta raiva dela, que se afastou, deixando-a e a seu filho entre aqueles homens.

Nesse momento, abandonou aquela aparência feia e de velho, tornando-se o mais belo de todos os homens, indo para o céu, para aí viver feliz.

Relato do povo Tupinambá de aldeia do Rio de Janeiro, século XVI[15]

15 Este mito foi recolhido por Fr. André Thevet. *La Cosmographie Universelle*. Paris: Guillaume Chaudiere, 1575, v. 2, f. 914. Tradução para o português de Benedito Prezia.

Aijimarihi, o criador

Relato suruahá

UM DIA, *AIJIMARIHI*, O CRIADOR DO MUNDO, PEGOU UMAS FRUTINHAS de karaba e, esfregando-as com as mãos, jogou-as na terra. Nasceu gente, mas o ancestral não gostou, rejeitando-as. São os *jara*, os brancos.

Numa nova tentativa de criar gente, pegou umas frutinhas de *sukuru zibi* e, esfregando-as com as mãos, jogou-as na terra. Nasceu mais gente, os índios não *suruahá*, e *Aijimarihi* tornou a rejeitá-los.

Na terceira tentativa, pegou umas frutinhas de *dagam'sakara*, a árvore do breu e, esfregando-as com as mãos, jogou-as na terra. E dessa vez nasceu gente, e foram os *suruahá*.

MITO DO POVO *SURUAHÁ*

A origem do sol

Relato aruá

Antigamente eram quatro sóis, no começo do mundo, quando Paricot, Deus, fez o mundo.

Só que cada sol para nós era uma pessoa, não era planeta, não era nada.

Havia o pai e mais três filhos. O sol nascia e, quando eram seis horas da tarde, já vinha o filho. Era sempre dia, sempre claro.

Nós não tínhamos fogo. As pessoas assavam moqueca no sol, na quentura do pai. O sol pai era mais quente, igual ao fogo. Não tinha noite, era sempre dia.

O sol ficava perto, a mais ou menos uns cem metros de altura.

As pessoas faziam que dormiam, não havia noite. O cacique saía no terreiro lá pelas cinco horas, às seis horas entrava para dormir, mas não tinha aquele sono, não.

Um menino que engatinhava saiu no terreiro. Não havia noite. Era meio-dia. O menino se queimou na quentura do sol.

O pai e os tios se revoltaram. Resolveram matar o sol. Mataram. Esperaram o outro. Mataram. Mataram o terceiro. Mataram os quatro sóis.

Este que nós temos agora estava na barriga da mãe. Escureceu e não tinha mais dia, a noite era direta.

Nasceu este que até agora temos, *Gat.*

Para a história, nada demora. Quando foi com uns 15 dias, o menino já andava. Dominou o mundo, ainda pequeno. E até agora existe o sol.

Paricot, quando o pessoal matou esses primeiros sóis, botou o céu mais para cima, para não queimar tanto.

Relato de Awünaru Odete, do povo aruá[16]

16 Este povo vive em Rondônia, nas terras indígenas Rio Guaporé e Sagarana, e fala uma língua da família tupi-mondé. Texto recolhido por Betty Mindlin. In: MINDLIN, B. & Narradores indígenas. *Terra grávida*. Rio de Janeiro: Rosa dos Tempos, 1999, p. 97.

O dono da caça

Relato ofaié

Tinha um homem, era muito caçador, não "arrespeitava" nada. Um dia ele deu num bando de queixada. Ah! O homem já ficou louco, atirou isso e mais queixada.

Saía correndo atrás duma que ele feriu, mas via outra, já largava aquela e ia perseguir a outra. O homem ficou louco de tanta queixada, queria matar tudo, mas não pegava nenhuma, corria atrás duma, atravessada de flecha. Mas logo largava aquela e já atropelava outra.

De repente ele assustou grande, "tava" ali na frente dele um bicho, mas era um bicho mesmo desconforme, não tinha cara, era só aquela boca sem tamanho, cheia de cada dente de fazer medo.

O homem caiu de quatro no chão, tremendo que nem não podia mais. Aí o bicho falava pra ele:

– Agora nós vamos conversar, vamos ter uma conversa mesmo que é pr'ocê aprender a não andar maltratando os bichinhos. O senhor fez muito malfeito: pois olha que porcaria está arranjando. O senhor pensa que esses bichinhos não têm dono, que andam soltos aí no mato à toa? Não é assim, não. Isso é minha porcadinha. Como é que o senhor vem estragar eles assim? Tá vendo esse bando todo? Pois eu tou carregando pr'aquela aguada ali, vou dar água aos meus bichinhos. Como é que o senhor faz um malfeito desses? Persegue meus bichinhos, atropela e só pra machucar. Agora olha o serviço que o senhor fez, eu vou ter um trabalhão danado pra curar meus porquinhos. Encheu tudo de bicheira e à toa. O senhor anda muito errado, assim tá muito mal pro senhor. Escuta lá, quando o senhor quiser comer uma carninha não tem que fazer isso não, não carece tá estragando meus bichinhos. O senhor quando quiser é só falar: "Oh! meu pai, eu quero comer uma carninha hoje, tem dó de nós, meu pai, tou querendo comer uma carne hoje". Aí o senhor acha uma carninha fácil p'ro senhor comer. Mas não faz mais assim, não, isso é muito ruim p'ro senhor mesmo. Agora pode ir embora, vai p'ra sua casa.

É. Essas queixadas têm uma coisa, têm o dono delas. A gente só tem que atirar pra acertar, não pode machucar o bicho não, faz mal.

Aí aquele dono falou "pro" homem assim:

– Também não tem que tá estragando assim, não. Só atira no que for ocupar, mais não pode acertar (à toa).

Relato de José Ké-tê, do povo ofaié

O demônio e a aguardente

Relato quéchua

Na cordilheira dos Andes, numa caverna muito profunda e escura, morava o demônio, que vivia atormentando os homens e os controlava como escravos.

Como tinha as pernas compridas, chegava rápido em qualquer canto, apavorando a todos com sua horrenda figura e obrigando-os a trabalhar para ele como escravos, sob o rigor do chicote.

Numa outra caverna, sozinho, vivia um velho pajé, dedicado à oração e às coisas espirituais. Os moradores da região não se atreviam a falar com ele para não incomodá-lo. Apenas deixavam-lhe alimentos na entrada da caverna, para seu sustento.

Até que um dia uma mulher criou coragem e resolveu contar-lhe a dura vida que levavam, escravizados que estavam pelo demônio. O pajé disse que ia pensar numa solução e que voltasse no dia seguinte.

Quando a pobre mulher voltou, o velho lhe deu esse conselho:

– Recolham a maior quantidade possível de *maguey* e a amassem bem com água. Depois coloquem o líquido em vasilhas, mexendo-o sempre. E, finalmente, coloquem-no ao sol, para fermentar.

E continuou:

– Os homens precisam fazer umas cordas longas e bem fortes. Quando o demônio, depois de comer, lhes pedir água, deem-lhe esse líquido. Como é adocicado, vai pedir sempre mais. Vai beber tanto até cair no chão. Cuidado que esse líquido faz perder a cabeça... Como o demônio vai cair num sono profundo, aproveitem para amarrá-lo com essa corda e assim ele ficará preso para sempre.

E foi o que aconteceu. O demônio depois de beber muito, caiu no chão, num profundo sono, sendo amarrado pelos camponeses. No dia seguinte, ao acordar com o sol a pino, quis pegar o chicote para açoitar as pessoas que caçoavam dele, mas não conseguiu. Suplicou que lhe dessem de comer e beber.

Todos zombavam, pois finalmente haviam conseguido prender quem lhes escravizou por tanto tempo. Passaram-se os dias e o demônio foi mirrando, mirrando, até se transformar numa pedra. Ainda hoje, na região de Santo Domingos, as pessoas podem ver essa pedra que já não mete medo a ninguém.

Os moradores daquela região puderam viver felizes. Até que um dia alguns camponeses quiseram experimentar também essa bebida, mas se esqueceram das palavras do pajé, que lhes dissera que ela "fazia perder a cabeça".

Tentados pelo adocicado sabor, beberam até embriagar-se. E foi assim que a aguardente se espalhou por todo o Peru.

Relato quéchua de autor desconhecido[17]

17 Este relato é provavelmente da região central do altiplano peruano. Versão adaptada por Benedito Prezia. In: Revista *Sem Fronteiras*. São Paulo, n. 272, set. 1999, p. 46.

A origem da mandioca

Relato pareci

Entre os vários mitos sobre a origem da mandioca que circulam pelo Brasil, este parece ser um dos mais antigos e com menos influência ocidental.

Zutimáre e sua mulher, Kokoterô, tiveram um casal de filhos: um menino, Zokooiê, e uma menina, Atiolô. O pai amava o filho e desprezava a filha. Se ela o chamava, ele lhe respondia por meio de assobios, mas nunca lhe dirigia a palavra.

Desgostosa, Atiolô pediu à sua mãe que a enterrasse viva, visto que assim seria útil aos seus. Depois de longa resistência ao estranho desejo, Kokoterô acabou cedendo aos rogos da filha, e enterrou-a no meio do cerrado, onde ela não pôde resistir.

Por causa do calor, rogou que a levasse para o campo, onde também não se sentiu bem. Mais uma vez suplicou a Kokoterô que a mudasse para outra cova, aberta na mata. Aí achou-se à vontade.

Então pediu à sua mãe que se retirasse, recomendando-lhe que não olhasse para trás quando ela gritasse.

Depois de muito tempo gritou. Kokoterô voltou-se, rapidamente. Viu no lugar em que enterrara a filha um arbusto muito alto, que logo se tornou rasteiro, assim que ela se aproximou.

Tratou então da sepultura. Limpou o solo, e a plantinha foi-se mostrando cada vez mais viçosa.

Mais tarde, Kokoterô arrancou do solo a raiz da planta: era a mandioca.

O casal chamou-a de *ojakôrê*. Os parecis depois deram-lhe o nome de *ketê*.

Mito do povo pareci[18]

18 O povo pareci, cuja língua é da família *aruak*, vive no sudoeste do Mato Grosso. Este relato foi recolhido por Cândido Mariano Rondon, em 1907. In: ROQUETTE, E. P. *Rondônia*. São Paulo: Companhia Editora Nacional, 3ª ed., 1934, p. 134-135 (Col. Brasiliana, v. 39).

A origem do milho

Relato kaingang

NOSSOS ANTEPASSADOS ALIMENTAVAM-SE DE FRUTAS E MEL. QUANDO estes faltavam, sofriam de fome. Um velho de cabelos brancos, de nome *Nór*[19], ficou com dó deles.

Um dia disse a seus filhos e genros que com cacetes[20] fizessem uma roçada nos taquarais e a queimassem. Feito isso, disse aos filhos que o conduzissem ao meio do terreno roçado.

Ali se sentou e disse aos filhos e genros:

– Tragam cipós grossos.

Quando trouxeram, disse-lhes o velho:

– Agora vocês amarrem os cipós no meu pescoço e arrastem-me pela roça em todas as direções. Quando estiver morto, enterrem-me no centro dela e vão para o mato durante três luas. Quando voltarem, passado esse tempo, acharão a roça coberta de frutos, que, plantados todos os anos, livrarão vocês da fome.

Eles principiaram a chorar, dizendo que tal não fariam. Mas o velho disse:

– O que ordeno é para o bem de vocês. Se não fizerem o que mando, viverão sofrendo e muitos morrerão de fome. E, além disso, já estou velho e cansado de viver.

Então, com muito choro e gritos, fizeram o que o velho lhes mandara e foram para o mato comer frutas.

Passadas as três luas, voltaram e encontraram a roça coberta de uma planta com espigas, que é o milho, além do feijão grande e da moranga. Quando a roça ficou madura, chamaram todos os parentes e repartiram com eles as sementes.

É por isso que temos o costume de plantar nossas roças e depois comer frutas e caçar por três ou quatro luas.

O milho é nosso, aqui da nossa terra. Não foram os brancos que o trouxeram da terra deles. Demos ao milho o nome de *nór*, em lembrança do velho que tinha esse nome e, com seu sacrifício, o produziu.

MITO DOS *KAINGANG* DO PARANÁ

19 No original está escrito *nhara*, mas os atuais *kaingang* pronunciam *nór*.

20 Instrumento usado a fim de fazer a cova para plantação.

O caminho da terra sem males

Relato guarani nhandeva

A TERRA SEM MALES PARA O POVO GUARANI É O LUGAR DE FELICIDADE, que se alcançará depois da morte: ali não há sofrimento, não há doenças, nem se trabalha. Este relato tenta explicar por que os humanos não podem mais alcançar em vida essa terra de felicidades.

Yvy Nhembyré[21] é o caminho da terra sem males. É um caminho de terra...

Ele veio lá do céu e encostou num lugar onde os guaranis fizeram sua aldeia. E aí esse caminho começou a tremer, tremer...

Mas no meio daquele povo que estava rezando, tinha uma mulher e um homem que eram abusantes, sem fé e não acreditavam naquele caminho que levava à outra terra.

O povo da comunidade continuava rezando, rezando... Mas, por causa daqueles dois abusantes, o caminho não ficou ligado com a terra e subiu outra vez pro céu.

As mulheres estavam dançando com *takuá*[22], enquanto que os *nhanderu*[23] rezavam com *mbaraká*.

E aí, por causa daqueles dois abusantes, deu a maior confusão: um virou contra o outro, quebrando *mbaraká* na cabeça do outro, as moças brigando entre elas, e a rapaziada brigando entre eles...

Por isso o caminho sumiu de vez no céu... E, por causa daqueles dois abusantes, o caminho não desceu mais no chão para levar eles para a terra sem males.

RELATO DE ALMERINDA DA SILVA, KUNHÃ SAYPY,
GUARANI NHANDEVA DE YWY PORÃ OU POSTO VELHO[24]

21 Tradução literal: *a sobra da terra.*

22 *Takuá* ou *takuapu*, é um bastão de bambu, usado pelas mulheres nos rituais guaranis para dar ritmo ao canto.

23 Rezadores.

24 Os guaranis nhandevas, chamados também de chiripás ou avás-guaranis, formam um dos três subgrupos guaranis que vivem no Brasil. Localizam-se no Paraguai, na Argentina e em alguns Estados do Brasil (MS, PR e SP). Relato recolhido na aldeia Ywy Porã (PR) e adaptado por Emerson Oliveira Souza (Emerson Guarani).

A origem do fogo

Relato guarani nhandeva

Nesse tempo atrás não tinha fogo. Então Nhanderikey[25] disse aos índios:

– Nós vamos arranjar o fogo.

Aí juntou os passarinhos, as caças, o *kururu-i* (o sapinho), juntou todos. Depois falou:

– Eu vou morrer lá no barreiro.

Eram os urubus que tinham o fogo. Ele foi ao barreiro. Morreu. Ficou ruim. Ficou com a carne toda podre.

Aí os urubus se juntaram, fizeram um fogo, um fogo grande. Quando tinha bastante brasa, pegaram Nhanderikey e o jogaram no fogo.

Aí ele chocalhou o corpo, espantou os urubus e espalhou as brasas para todos os lados. Os urubus voaram todos e gritaram:

– Pegue o fogo! Pegue o fogo! Pegue o fogo!

Falaram assim uns para os outros, para os índios não terem o fogo.

Depois Nhanderikey se levantou e chamou os que ele tinha juntado para pegar o fogo. Perguntou:

– Como é, você não pegou o fogo?

O outro respondeu:

– Eu não peguei.

Perguntou a outro que não tinha pegado também.

Aí veio o *kururu-i* e falou:

– Eu engoli uma brasinha, mas não sei se está acesa ainda.

O sapo soltou a brasa e estava acesa. Então Nhanderikey mandou fazer fogo e depois disse aos índios que estavam lá e aos que não tinham fogo:

– Agora vocês vão buscar canelinha e criciúma, cacho de coqueiro e cipó de sapo.

Essas foram as plantas nas quais o sapo escondeu a brasa. Só essas é que dão fogo.

Esse pau ele pôs no fogo, ficou bem sequinho. Da mesma madeira mandou fazer o pilãozinho. Do mesmo pedaço (fez) o mais compridinho, que se vai esfregando. E sai o pozinho. Vai-se esfregando e sai a fumaça, e aí pega fogo.

Lá mesmo fizeram, para depois os outros saberem como é que iam fazer. Assim ele ensinou.

Relato de Poydjú, guarani nhandeva da aldeia Araribá

25 Um dos gêmeos míticos do povo guarani, filho de Nhanderu Mbaekuaá.

O urutau

Relato guarani nhandeva

NUMA ALDEIA DISTANTE, UM CASAL DE JOVENS DECIDIU MORAR JUNTOS. Mesmo sabendo que o pai não gostava de seu noivo, a moça resolveu contar-lhe sobre o seu namoro, pois era o cacique da aldeia.

Este ficou irritado e não consentiu que aquele jovem se tornasse o companheiro de sua filha. Desolada e muito triste, a moça relatou ao noivo os sentimentos de seu pai. Afrontando a oposição paterna, os dois decidiram fugir.

Quando soube da fuga da filha, o pai, irritado, convocou imediatamente um grupo de guerreiros para capturar os dois amantes e deu ordem para que, sem piedade, os matassem. Um cacique não pode ser contrariado e, dessa forma, sua filha havia cometido um grave erro ao desobedecê-lo. Essa afronta lhe custaria a vida e serviria de exemplo para toda a comunidade.

Mas aquele jovem era um rezador e, embora com pouca idade, possuía grandes poderes, sendo conhecido como *nhanderu*[26] Poraí.

Assim, no meio do caminho, o jovem comunicou à sua noiva a visão que estava tendo, onde apareciam os guerreiros que vinham à procura deles, a mando do cacique. E disse à jovem que, quando fossem alcançados, ele daria um pulo, virando uma árvore seca, e ela abriria os braços, voando como um pássaro.

Quando os guerreiros os avistaram, os dois fizeram o combinado. E assim o jovem *nhanderu* Poraí transformou-se numa árvore seca, e sua noiva, num pássaro.

Ao chegar naquele lugar onde eles estavam, os guerreiros encontraram apenas um galho seco, com um pássaro que cantava: *Ko apy jaikó, ta-ta-ta,* que em guarani quer dizer "aqui nós viveremos, tá-tá-tá".

Foi assim que ela se transformou no urutau, um pássaro que fica sempre numa árvore seca, imóvel, confundindo-se com ela. Por isso os guaranis dizem que o urutau é a moça que se transformou em pássaro para poder ficar com seu noivo para sempre.

RELATO DO PAJÉ FRANCISCO DA SILVA, CEIJÚ KARAÍ MIRIM,
GUARANI NHANDEVA DA ALDEIA ARARIBÁ[27]

26 *Nhanderu,* o mesmo que pajé.

27 Mito recolhido por Emerson Guarani junto a seu tio materno, na aldeia de Araribá (SP), em 2008.

História das jovens que viraram peixe

Relato guarani nhandeva

Numa aldeia do litoral, sempre em época de plantação, todo mundo se reunia para fazer a roça de milho.

Quando o milho começava a granar, o cacique pedia às suas filhas para irem à roça colher milho a fim de fazer pamonha para a família. E dessa vez pediu que sua filha mais velha, Naipi, fosse à roça colher o milho, mas que fosse em companhia de sua irmã mais nova.

Naipi estava vivendo o período da iniciação, como fazem os guaranis. Mas cada vez que ia à roça, encontrava uma anta, que se apresentava para ela na forma de um rapaz.

Assim, todas as manhãs as duas iam para a roça colher milho, e Naipi sempre conversava com a anta, que na realidade era um rapaz. Sua irmã mais jovem via sua irmã conversando, mas não sabia com quem ela falava.

Seus irmãos começaram a desconfiar daquelas idas e da demora de suas irmãs na roça e resolveram sair para caçar perto da plantação de milho. Quando ali estavam, surgiu uma anta que, sem piedade, foi atravessada por uma flecha certeira que saiu do arco de um daqueles jovens. Eles ficaram contentes com aquela caça, pois viram que haveria comida para toda a comunidade.

Seus irmãos não contaram para Naipi onde haviam caçado a anta, nem imaginavam que se tratava daquela anta que ia todos os dias encontrar sua irmã. Chegando na aldeia, repartiram entre os parentes aquela caça, segundo a tradição.

No dia seguinte, Naipi retornou à roça, mas o jovem não apareceu. Ela não entendeu a ausência do rapaz que vinha a seu encontro todas as manhãs. Mesmo assim, continuou indo à roça de milho com sua irmã. Na realidade, ela buscava seu amigo e futuro companheiro, mas não havia percebido que aquele lindo jovem era a mesma anta que ia ao roçado de milho.

Certo dia, depois de inúmeras visitas sem sucesso à procura do jovem, resolveu ir ao mar com sua irmã para banhar-se. Durante o banho, para sua surpresa, apareceu na praia um jacaré. De repente aquele animal transformou-se num jovem que se apresentou como seu cunhado. Naipi, alegre, foi com o jacaré para o mar, e nesse momento sua irmã mais nova compreendeu que ele não era um animal, mas o cunhado de sua irmã.

Assim, todas as manhãs as duas jovens iam à praia para nadar em companhia do jacaré que, na realidade, era o irmão do rapaz que fora morto pelos dois jovens.

Novamente seus irmãos passaram a desconfiar das duas irmãs que agora estavam indo muito à beira-mar e foram então vigiá-las. Mas foi a última vez que eles viram suas irmãs, pois elas foram para o fundo do mar e se transformaram em peixe, *omaé pirari*, desaparecendo para nunca mais voltar.

Até hoje se ouve na praia o canto das duas irmãs, que se transformaram em *pirari*, a *mulher-peixe*.

RELATO DO PAJÉ FRANCISCO DA SILVA, CEIJÚ KARAÍ MIRIM,
GUARANI NHANDEVA DA ALDEIA ARARIBÁ[28]

28 Mito recolhido por Emerson Guarani junto a seu tio materno, na aldeia Araribá (SP), em janeiro de 2010.

A Mãe-d'Água

Relato tupiniquim

Na aldeia Pau-Brasil, havia uma família muito feliz que vivia da caça e da pesca.

Certo dia, a menina mais nova foi ao rio pegar água. Próximo ao rio, ela ouviu uma linda cantiga. Não hesitou, aproximou-se da água e ajoelhou-se para encher a moringa. Quando a menina ergueu a cabeça, deparou-se com uma moça tão linda e formosa como o lírio.

Assustada com o que estava vendo, a menina pegou a moringa e saiu desesperada pela mata. Chegou em casa cansada e gritando pela mãe.

– Mãe, lá no rio tem uma linda moça cantando.

A mãe disse:

– Não é nada, filha, você está vendo coisas demais.

A menina insistiu, mas sua mãe nem deu assunto.

No dia seguinte, a menina foi novamente ao rio. Chegando lá, abaixou-se e encheu a moringa de água. Ao se levantar, ouviu novamente uma linda voz, chamando-a. Com os olhos entreabertos e atentos, ela procurou o lugar de onde saía aquela voz tão suave, e perguntou:

– Quem está aí? O que você quer de mim?

Não obteve resposta, mas percebeu que aquela melodia saía debaixo de uma pedra que havia no meio do rio.

As horas se passaram, e a menina não retornava à sua casa. Sua mãe, muito preocupada, avisou a todos da aldeia para irem à procura dela.

O cacique e outros líderes da aldeia foram ao rio, mas nada encontraram, a não ser a moringa levada pela menina. Pesarosos, voltaram à aldeia e deram a triste notícia à sua mãe. A busca continuou durante seis dias pelas redondezas do rio à procura de um sinal que levasse até a menina, mas nada foi encontrado.

Desesperada e muito ansiosa para encontrar a filha, a mãe resolveu ir até a margem do rio. Chegando lá começou a chorar e a lembrar-se de sua filha. De repente, ouviu um gemido e, ao olhar, reconheceu a filha abatida e quase morta. Surpresa e, ao mesmo tempo triste ao vê-la naquele estado lastimável, pegou-a em seus braços e levou-a ao pajé.

O pajé, com toda sua sabedoria em ervas medicinais e conhecimentos espirituais, cuidou da menina, que se encontrava em estado febril. Delirando, ela contou sobre a bela moça do rio e sua fascinante melodia.

Dizem até hoje que a menina estava sob o encanto da Mãe-d'Água.

MITO DO POVO TUPINIQUIM, CONTADO POR OTACILA FRANÇA DA ALDEIA PAU-BRASIL[29]

29 Mito recolhido por Valdemir Almeida Silva na aldeia Pau-Brasil (ES). Este povo vive atualmente em várias aldeias do Espírito Santo. In: EDUCADORES, TUPINIKIM e GUARANI; MUGRABI, Edivanda. *Os Tupinikim e Guarani contam...* Vitória: MEC/FNDE, 1999, p. 187-188.

Saci, o mau espírito

Relato tupiniquim

As caçadas sempre foram muito importantes para as famílias tupiniquins, principalmente da aldeia Pau-Brasil. Às vezes, numa dessas caçadas, acontecem coisas estranhas que nos deixam assustados. Um fato desses aconteceu comigo e é isso que eu vou contar para vocês.

Certa noite de lua escura, saímos em três pessoas para caçar num lugar distante da aldeia. Já passava da meia-noite e os cachorros que nos acompanhavam não haviam encovado nenhuma caça.

De repente, os cachorros começaram a latir no meio do mato. Nós pensávamos que eles estavam tocando alguma caça. Passaram-se alguns minutos e os cachorros encovaram algo. Seguimos até o local e, com as lanternas, iluminamos o buraco. Não vimos nada sair dele, mas os cachorros correram latindo, desesperadamente, como se fossem pegar alguma coisa e logo encovaram em outro buraco.

Meus companheiros de caçada, que são mais experientes do que eu, logo me disseram que deveríamos sair daquele lugar. Não hesitei, pois sabia que coisa boa não era. Então, chamamos os cachorros para sair dali.

Depois que os cachorros se afastaram do buraco, nós escutamos um grito fino e forte.

– *Siiiiiiit.*

Sentimos um calafrio no corpo e, assustados, saímos daquele lugar com os cachorros.

Antes era só desconfiança, mas, depois com o grito, tínhamos certeza de que quem nos perturbava era o saci.

Chegamos a essa certeza porque há dezenas de anos, nesse mesmo lugar onde estávamos caçando, morou um senhor ruim, e quando uma pessoa ruim morre num determinado lugar, o saci aproveita o local para habitá-lo. Mas a casa do saci é diferente da nossa. Ele geralmente faz sua moradia num cipoal ou sapezal.

Sempre que saímos para caçar e somos os "privilegiados" de encontrar um saci no caminho, voltamos para casa, porque, encontrando com ele, é sinal de azar.

Relato de Jefferson Francisco Felício, tupiniquim da aldeia Pau-Brasil[30]

30 Texto revisado por Ana Cristina. In: EDUCADORES TUPINIKIM e GUARANI; MUGRABI, Edivanda. *Os Tupinikim e Guarani contam...* Vitória: MEC/FNDE, 1999, p. 190-191.

> **Na vida de um indígena**
> **há apenas uma única obrigação:**
> **a obrigação da prece,**
> **do reconhecimento quotidiano**
> **ao Invisível e ao Eterno.**
>
> Ohiyesa, xamã santee sioux
> (Estados Unidos)

Nossas preces

Oração ao criador

Prece inca

Ó Criador,
Que estás nos confins de um mundo sem igual,
Que deste existência e valor aos seres humanos,
Dizendo: Seja este um homem.
E às mulheres: Seja esta uma mulher.
Dizendo isso, os formaste e lhes deste o ser.
A estes que criaste guarda-os,
Para que vivam sãos e salvos
Sem perigo e vivendo em paz.
Onde Te encontras?
Por acaso estás no alto dos céus
Ou abaixo dos trovões ou nas nuvens das tempestades?
Escuta-me, responde-me e concede-me o que te peço,
Dando-nos vida perpétua
E estendendo-nos tua mão.
Recebe agora esta oferenda,
Onde quer que estejas,
Ó Criador!

RITUAL DAS SEMEADURAS[31]

31 Prece recitada pelos sacerdotes incas nas cerimônias das semeaduras, no mês de agosto, início da primavera, em Cuzco, Peru, no século XVI. In: MOLINA, Cristóbal de (el Cuzqueño). *Fábulas y ritos de los incas* (c. 1573), 1916, p. 47. Tradução do quéchua por este autor e versão para o português de Benedito Prezia.

Oração para pedir uma boa colheita

Prece inca

Ó Criador,
Senhor dos confins do mundo.
Ó Misericordioso,
Que dás vida a todas as coisas,
E que fizeste com que neste mundo
Os homens comessem e bebessem sempre.
Dá-lhes em todo o tempo comida e frutos da terra,
Não só a batata, mas todos os outros alimentos que criaste,
Para que não sofram de fome nem de muito trabalho.
Que tudo se crie bem,
Que não sofram com a geada nem com o granizo.
Guarda-os na paz e que fiquem salvos.

Ritual das semeaduras[32]

32 Prece recitada pelos sacerdotes incas nas cerimônias das semeaduras, no mês de agosto, em Cuzco, Peru, no século XVI. In: MOLINA, Cristóbal de (el Cuzqueño). *Fábulas y ritos de los incas* (c. 1573), 1916, p. 50-51. Tradução do quéchua por este autor e versão para o português de Benedito Prezia.

Oração ao sol

Prece inca

Ó Criador,
Que deste vida ao Sol,
E que disseste haja noite e dia.
Amanheça e clareie,
E que todos os dias desponte em paz,
E que ilumine o homem que criaste!
Ó Criador!
Ó Sol, que estás em paz e com vigor,
Ilumina essas pessoas que proteges.
Que elas não fiquem doentes,
Guarda-as sãs e salvas.

PRECE INCA DO SÉCULO XVI[33]

33 Prece recitada pelos sacerdotes incas nas cerimônias das semeaduras, no mês de agosto, em Cuzco, Peru, no século XVI. In: MOLINA, Cristóbal de (el Cuzqueño). *Fábulas y ritos de los incas* (c. 1573), 1916, p. 51. Tradução do quéchua por este autor e versão para o português de Benedito Prezia.

Discurso de gratidão

Prece mohawk

Nós dirigimos nossa atenção às forças de vida da Mãe Terra.

Às águas que saciam nossa sede e garantem bem-estar e força à vida vegetal, aos animais que nos fornecem comida, roupa, abrigo e beleza.

Às árvores de todas as formas e tamanhos que nos fornecem abrigo e frutas de muitas variedades.

Às plantas medicinais que cumprem as instruções do Criador para curar doenças e enfermidades.

Damos graças a todas essas forças de vida que vêm cumprindo as instruções do Criador.

Por isso nós somos agradecidos e dizemos: obrigado!

Nós dirigimos nossa atenção aos quatro ventos.

Nós escutamos e ouvimos suas vozes e damos saudações e agradecimentos porque vocês sempre seguem as instruções que receberam do Criador, seja trazendo chuva e removendo as águas na Mãe Terra, seja levando sementes à terra para novo crescimento na primavera.

Por isso somos agradecidos e dizemos: obrigado!

Nós dirigimos nossa atenção ao trabalho de nosso irmão mais velho, o Sol do dia.

Como o Sol do dia é visto no céu da Terra do amanhecer ao entardecer, nós sabemos que está seguindo as instruções do Criador, fornecendo calor, luz, energia e uma fonte de vida para todas as criaturas vivas da Terra.

Por isso somos agradecidos e dizemos: obrigado!

Nós dirigimos nossa atenção a nossa avó, a Lua.

Em nosso mundo, nossa avó Lua ilumina o céu da noite e coordena os ciclos da vida de todas as coisas vivas para que a vida continue nessa terra.

Por seguir as instruções do Criador, somos gratos e estendemos nossos mais profundos agradecimentos.

Agora dirigimos nossa atenção ao Céu da noite, que está cheio de estrelas e outros corpos celestes que auxiliam nossa avó, a Lua, e o Sol do dia a cumprirem as instruções do Criador.

Nós somos gratos pelas maneiras como os corpos celestes nos ajudam a encontrar nosso caminho pela terra quando viajamos às outras aldeias ou mesmo para lugares muito distantes.

Somos agradecidos que, como partes antigas da criação, eles ainda estejam seguindo as instruções do Criador, e por isso somos gratos e dizemos: obrigado!

Reconhecemos todas as aves e outras formas de vida animal, do menor inseto ao maior animal. Cremos que todas as formas de vida têm uma finalidade dentro da criação.

Somos gratos que elas continuem seguindo as instruções do Criador e por isso dizemos: obrigado!

Agora voltamos nossos pensamentos ao Criador, escolhemos nossas melhores palavras e pensamentos para oferecer saudações e agradecimentos ao Criador.

Somos gratos ao Criador, que tem preparado todas as coisas na Mãe Terra e dentro do Universo para ter uma finalidade e significado.

Somos gratos pelo fato de nós, seres humanos, sermos parte dessa criação.

Somos gratos que cada elemento da criação continue seguindo a instrução do Criador por todos os tempos e por toda a criação.

Por isso nós somos eternamente agradecidos e temos um só pensamento quando damos graças a Ti, nosso Criador.

PRECE DO POVO *MOHAWK*[34]

34 Texto de autor desconhecido. O povo *mohawk* faz parte da família linguística macro-*sioux* e vive na região dos Grandes Lagos, ao norte dos Estados Unidos.

Bênção da moradia

Prece cheroqui

Que os ventos suaves do céu soprem
Docemente sobre esta casa
E que o grande espírito
Abençoe a todos que entram aqui.

Povo cheroqui[35]

Oração para pedir paz e sabedoria

Prece sioux

Ó grande espírito de nossos antepassados,
A ti levanto o meu cachimbo!
Levanto-o também aos teus mensageiros,
Os quatro ventos, e à nossa mãe terra,
Que sustenta nossos filhos.
Dá-nos a sabedoria para ensinar nossas crianças
A amar, a respeitar os outros,
Para que sejam boas entre elas,
E para que cresçam com a paz na mente.
Ensina-nos a dividir todas as boas coisas
Que tu enviaste para nós nesta terra...

Povo *sioux*[36]

35 Texto de autor desconhecido. Este povo vivia na bacia do Mississipi, no Leste dos Estados Unidos. Foi removido, em 1830, para o oeste, numa marcha forçada, conhecida como *Caminhada das lágrimas*. Tradução para o português de Patrick Clarke.

36 Texto de autor desconhecido. Este povo vivia na região central das planícies dos Estados Unidos e resistiu bravamente ao avanço europeu, autodenominando-se *Dakota*, que significa "povo".

A esperança não pode morrer

Prece de Tecumsé

Estou aqui, Manitu[37], no lugar onde você finalmente me trouxe.

Manitu! Manitu! Muito me tem dado, mas muito me tem tirado.

Você me deu a visão clara do que devo fazer para meu povo. Você me deu a força para liderar meu povo. Você falou por minha boca de glória que poderia ser do meu povo.

Através de mim, você fez o povo vibrar com uma visão do paraíso que poderia ter sido nosso, mas agora...

Eu não compreendo, mas eu sei o que ainda devo fazer e, porque você deseja, farei o necessário.

Manitu! Você me deu tudo! Você me tirou tudo! Você tirou meu pai, meus irmãos, meus amigos. Você tomou meu povo e minha terra...

Agora vai tomar minha vida e eu lha entrego, satisfeito, pois nesta entrega, deixo meu povo com esperança para o futuro. Tudo mais pode morrer, mas não a *esperança*!

Esse tem sido seu plano para que eu possa deixar a posteridade, no meio de toda a morte e destruição e desolação que todos os índios ainda têm de enfrentar, a viva esperança de que algum dia, de alguma maneira, haverá tempos melhores.

Para isso você me preparou, e que minha morte deixe o meu povo com esperança!

Prece atribuída a Tecumsé, cacique do povo *shawnee*, dita antes da batalha contra o exército norte-americano, em 1813, quando foi morto[38]

37 Entidade maior do povo *shawnee*.

38 O povo *shawnee* era de tradição nômade e vivia na região do rio Ohio, nos Estados Unidos. Resistiu bravamente à invasão europeia, sendo quase exterminado. In: *Mensageiro. Estudo 4*. Belém: Cimi Norte II, v. 52, jul.-ago. 1988, p. 73.

Pai bom

Prece mapuche

Pai bom, dono da terra e do céu!
Pai e mãe do mundo,
Pai do sol e da lua.
Queremos te pedir para nos ajudar e iluminar o nosso caminho,
o nosso, o da nossa família, o de nossos filhos, parentes,
vizinhos e irmãos.
Dá forças para aqueles que se encontram em momentos difíceis, reclamando
dignamente pelo seu pão de cada dia.
Pai e mãe,
Ilumina-nos com a brasa e clareia e ilumina este mundo.
Ilumina e dá consciência ao mundo dos brancos.
Esta é a tua voz, Pai, que tanto gostas de nós.
Ilumina o nosso pensamento.
Tu que nos dá a força, a noite, o dia,
a chuva, toda a natureza,
e tudo o que vemos na nossa Mãe Terra.
És, ó Pai transparente, aquele que olha e vê para todos os lados.

Prece da família de Segundo Reuque,
do povo mapuche[39]

39 Esta prece foi lida no IV Encontro Continental de Teologia Índia, em Assunção, em maio de 2002. O povo mapuche vive na região andina, distribuído nos territórios do Chile e da Argentina. In: CIMI-ELAPI. *E Tomantzin veio morar conosco*. Belém: Mensageiro, 2003, p. 258.

Agradecimento indígena

Prece maia-quiché

Damos-te graças, Senhor,
Porque fomos conquistados, mas não vencidos;
Porque tiraram nossos rios, mas somos os rios e as veias de nossos povos;
Porque nos esmagaram, mas não acabaram conosco;
Porque nos espremeram como fruta, mas continuamos a ser poços de água viva;
Porque continuam a nos perseguir, porém nunca nos apanham;
Porque nos arrancam os olhos, mas nós já enxergamos o novo dia;
Porque nos esquartejam como bois, mas nós permanecemos inteiros;
Porque nos matam, mas não nos destroem;
Porque nos enterram vivos, nós, porém, ressuscitamos!

Autor anônimo maia-quiché

Nossos poemas

O que é a vida?
É o brilho de um vaga-lume na noite,
é a respiração de um búfalo no inverno,
é a breve sombra que corre sobre a grama
e desaparece ao pôr do sol...

Pé de Corvo, do povo pés pretos
Canadá

Cantiga de amor

Poema inca

Caylla llapi,
Puñunqui.
Chaupituta,
Samusac.

*

Ao som da cantiga,
Dormirás.
À meia-noite,
Eu virei.

Poema inca de autor desconhecido, século XVI[40]

40 Esta cantiga foi feita em versos trissílabos e tetrassílabos, numa técnica já conhecida dos *amautas*, isto é, dos sábios do Peru. Foi mantido o original para se apreciar a métrica dos versos quéchuas. Traduzida para o espanhol por Garcilaso de La Vega e com versão para o português de Benedito Prezia. In: VEGA, Garcilaso de La. *Comentarios reales*, 1609. Lima: Editorial Mercúrio, 1988, v. 1, p. 116.

À irmã do senhor da chuva

Poema inca

Zumac Ñusta,	**Formosa jovem,**
Torallayquin,	Esse teu irmão
Peiñuy quita	Está quebrando
Paquir cayan	O jarro d'água...
Hina mántara	Por isso ele troveja e relampeja
Cunuñunun	E está nos mandando
Illac pántac.	Seus raios e trovões.
Camri Ñusta	Tu, donzela real,
Unuy quita	Bela e fecunda água nos envias
Para munqui,	Quando nos mandas a chuva.
May ñampiri	Também às vezes
Chichi mumqui	Nos mandas granizo
Riti munqui,	E neve fazes cair.
Pacha rúrac	Ó criador da Terra,
Pachacamac	Pachacamac, espírito do Universo!
Viracocha	Ó grande Viracocha[41],
Cay hinápac	Para cumprir essa tarefa,
Chura sunqui	Aqui te colocaram
Camasunqui.	E te deram alma!

*

Poema inca de autor desconhecido, século XVI[42]

41 Senhor da chuva.

42 Poema inca conservado nos *quipu*, espécie de escrita mnemônica feita com nós e conservada pelos sábios *amautas*. O mestiço Garcilaso de La Vega escutou-o, quando criança, na cidade de Cuzco (Peru), em meados do século XVI, e traduziu para o espanhol. Foi mantido o original quéchua para se apreciar a métrica e a cadência dos seus versos. Versão para o português de Benedito Prezia. In: VEGA, Garcilaso de La. *Comentarios Reales*, 1609. Lima: Editorial Mercúrio, 1988, v. 1, p. 117.

Anhã

Cantiga guarani nhandeva

Anhã aminoé,
Tapeguasupe Kurusu.
Tangará rapé
Patuá minae, kakaju.

*

Lá vem o Anhã[43]**,**
No cruzamento da estrada grande.
Um tangará pelo caminho,
Com um patuá no peito, vai gritando.

Ernestina da Silva, Kunhã Nimuendu, guarani nhandeva da aldeia Araribá

43 Anhã, entidade ambivalente, identificada geralmente como espírito maléfico.

Canto fúnebre *kaingang*

Passe com cuidado pela ponte.
Viva bem com os outros que partiram,
Assim como eles estão vivendo bem.
Você pode viver bem da mesma maneira...
Lá você verá muita coisa que já viu aqui na terra,
Assim como o gavião.
Teus parentes virão encontrá-lo na ponte
E te levarão para sua morada.

Kaingang, século XIX[44]

Orai por nós, Marçal Tupã'i

Não se seca a raiz de quem tem sementes
Espalhadas pela terra pra brotar.
Não se apaga dos avós – rica memória,
Veia ancestral: rituais pra se lembrar.
Não se aparam largas asas
Que o céu é liberdade
E a fé é encontrá-la.
Rogai por nós, meu pai-xamã,
Pra que o espírito ruim da mata
Não provoque a fraqueza, a miséria e a morte.
Rogai por nós, terra nossa mãe,
Pra que essas roupas rotas
E esses homens maus se acabem ao toque dos maracás.
Afastai-nos das desgraças e da discórdia.
Ajudai a unidade entre as nações,
Alumiai homens, mulheres e crianças.

44 Texto recolhido entre os *kaingang* do Tibagi (PR) por Telêmaco Borba. In: *Actualidade Indígena.* Curitiba: Typographia e Lytographia Paranaense, 1908, p. 34.

Apagai entre os fortes, a inveja e a ingratidão.
Dai-nos luz, fé e vida nas pajelanças.
Evitai, ó Tupã, a violência e a matança.
Num lugar sagrado, junto ao igarapé,
Nas noites de lua cheia, ó Marçal, chamai
Os espíritos das rochas para dançarmos o toré[45].
Trazei-nos nas festas da mandioca e pajés
Uma resistência de vida
Após bebermos nossa *chicha*[46] com fé.
Rogai por nós, aves dos céus
Pra que venham onças, caititus, seriemas e capivaras
Cingir o rio Juruena, São Francisco e Paraná,
Cingir até os mares do Atlântico
Porque pacífico somos, no entanto.
Mostrai nosso caminho feito boto
Alumiai pro futuro nossa estrela.
Ajudai a tocar as flautas mágicas
Pra vos cantar uma cantiga de oferenda
Ou dançar num ritual de *Iamaká*
No Nordeste, no Sul toda manhã,
No Amazonas, no agreste ou no coração da *cunhã*[47].
Rogai por nós, araras, pintados e tatus,
Vinde ao nosso encontro – meu Deus –
Nhanderu![48]
Fazei feliz nossa *mitã*[49],
Que de barrigas índias vão renascer.
Dai-nos cada dia a esperança
Porque só pedimos terra e paz
Pra nossas pobres – essas ricas crianças!

ELIANE POTIGUARA[50]

45 Dança tradicional dos indígenas do Nordeste.
46 Bebida tradicional guarani feita com milho.
47 *Mulher*, em guarani.
48 *Nosso Pai*, nome dado pelos guaranis à entidade superior.
49 *Criança pequena*, em guarani.
50 Fundadora do Grumin - Grupo de Mulheres Indígenas. In: *Porantim*, n. 103, nov. 1987, p. 14.

Nossa sabedoria

O homem sentado no chão de sua tenda,
meditando sobre a vida e seu significado,
aceitando o parentesco com todas as criaturas
e reconhecendo a unidade do universo das coisas,
este homem está instilando em seu ser
a verdadeira essência da civilização.

Cacique Urso em Pé, do povo *sioux* (Estados Unidos)

Sabedoria tupinambá

Uma vez, um velho me perguntou:

– Que significa virem vocês, *perós*[51] e *mairs*[52] buscar de tão longe lenha para se aquecerem? Não a têm por lá em sua terra?

Respondi que tínhamos lenha, e muita, mas não daquele pau, e não a queimávamos, como ele supunha, mas dela extraímos tinta para tingir.

Retrucou o velho:

– E porventura precisam de tanto pau-brasil (*yvirapitanga*)?

– Sim, respondi, pois em nosso país existem negociantes que têm mais panos, facas, tesouras, espelhos e mais coisas que vocês nem imaginam, e um só deles compra todo o pau-brasil com que muitos navios voltam carregados.

– Ah! Você me conta maravilhas! – disse o velho. E acrescentou, depois de bem alcançar o que eu dissera:

– Mas este homem tão rico não morre?

– Sim, morre como os outros.

– E, quando morre, para quem fica o que é dele?

– Para seus filhos, se os tem, e na falta, para os irmãos ou parentes mais próximos.

– Na verdade, continuou o velho, que não era nada tolo, agora vejo que vocês, *mairs*, são uns grandes loucos, pois atravessam o mar com grandes incômodos, como dizem, e trabalham tanto a fim de amontoar riquezas para os filhos ou parentes! A terra que os alimentou não é suficiente para alimentá-los? Nós aqui também temos filhos a quem amamos, mas estamos certos de que, após nossa morte, a terra que nos nutriu os nutrirá também, e cá descansamos sem o mínimo cuidado.

Ancião tupinambá, aldeia do Rio de Janeiro, 1563[53]

51 Nome dado aos portugueses, com sentido pejorativo, devido às práticas violentas praticadas contra os indígenas. De etimologia controversa, significa *duro*, *amargo*, da mesma raiz da palavra *peroba*, árvore dura.

52 Nome dado aos franceses e que remete a um dos heróis civilizadores da cultura tupi. A grafia correta deveria ser *Maíra* e sem flexão.

53 In: LÉRY, Jean de. *História de uma viagem feita à terra do Brasil*. 1578. Tradução de Monteiro Lobato, São Paulo: Companhia Editora Nacional, 1926, p. 130-131. Para deixar o texto mais coloquial, foi usada a 3ª pessoa e não a segunda, como está na tradução original.

Sabedoria quéchua

Tradição andina

Se a um gavião se lhe tiram o bico e as garras,
continua sendo gavião.
Se a um homem se lhe tiram as mãos e os olhos, continua sendo homem.
Mas se ele se isola, vivendo sozinho, deixa de ser homem.

Provérbio quéchua

Conselho aos jovens

Ama sua,
ama llulla,
ama kella!

Não sejas mentiroso,
Não sejas ladrão,
Não sejas preguiçoso![54]

54 Sentenças tradicionais da região andina do Peru; o original quéchua foi mantido no segundo texto.

Para Deus somos todos iguais

Eu sou Avá-Guarani (Nhandeva), um *Paí Ka'aguy Nhanderu*, sacerdote e pai da mata.

À medida que passa o tempo, vêm chegando diversos tipos de religiões. Pelo contrário, eu sou dos que sempre existiram no Paraguai. Eu sou dos que sempre existiram.

Nossa sabedoria não vem nem se encontra em papéis. Nossa sabedoria nos chega, como dizem os *karaí*, pela providência de Deus. Dessa maneira e pela sabedoria que recebemos de Deus, fazemos nosso *nhembo'é*[55].

Sempre oramos e pedimos por todos os habitantes do Paraguai para que não lhes aconteça nada de errado. Nosso *nhembo'é* é para que todas as coisas se realizem como devem ser.

Que seja Ele – Deus – aquele a quem cada um deve se dirigir quando tem uma necessidade. Foi Ele quem nos enviou aqui, à terra. Nunca devemos utilizar a maldade entre nós. Todas as coisas devemos fazer por Ele, para que nossas ações sejam boas.

Ele nos vê como iguais. Nós é que nos tornamos diferentes e nos vemos diferentes. Somos nós quem dizemos: "Este é negro, aquele é vermelho". É provável que não seja errado nos vermos e sermos diferentes, mas para Deus todos somos um. Ele nos vê a todos iguais. Ele é muito misericordioso e por isso nos vê unicamente, todos iguais.

Estas são as palavras que tenho a dizer.

FLORENCIO PORTILLO, DA COMUNIDADE FORTUNA-Y POTY,
DEPARTAMENTO DE CANINDEYU[56]

55 Reza.

56 Palavras pronunciadas no Encontro Nacional de Lideranças Indígenas, em março de 1993, em Benjamim Aceval (Paraguai), recolhidas e traduzidas do guarani por Eri Daniel Rojas. Versão para o português de Benedito Prezia. In: ROJAS, Eri Daniel. Yvy Marane'y: una crítica, un sueño, una certeza, la fiesta. *Suplemento Antropológico.* Assunção, vol. XL (2), dez. 2005, p. 280.

Somos pessoas sagradas

NO PENSAMENTO MAPUCHE, NO *KIMN*, ISTO É, NA SABEDORIA MAPUCHE, as pessoas são sagradas. Por isso nosso corpo tem valor, não podemos sujá-lo.

Temos de aceitar-nos como somos. Não devemos esconder nossa pele morena.

Futa Chao, o Pai Grande, deu-nos valor, deu nosso sangue, deu nosso pensamento, deu nosso idioma.

FLORÊNCIO MANQUILEF, MAPUCHE, DE CONTRERAS, PROVÍNCIA DE NEUQUÉN[57]

57 In: GOTTLE, Pe. Martin. *Neuquén.* Apud ENDEPA. *Mapuche, gente de la Tierra.* Boletim *Terra=Vida*, Formosa (Argentina): Equipo Nacional de Pastoral Aborigen-Endepa, s/d., v. 2.

Mulheres, coração e alma de nossas nações

NA DANÇA TRADICIONAL DAS MULHERES, QUANDO OS HOMENS CANTAM, é para honrar todas as mães. A primeira estrofe é dedicada à nossa mãe principal, a Mãe Terra. Quando a segunda estrofe começa, as mulheres entram na dança.

A Mãe Terra foi encarregada pelo Criador de sustentar nossas vidas, dar comida, remédio e tudo que precisamos para sobreviver. A responsabilidade da Mãe Terra e a de nossas mães é a mesma...

São as nossas mães que enviam as crianças para nossas cerimônias, que preparam a comida cerimonial, que sentem logo a presença dos espíritos e sabem que precisam fazer uma cerimônia para proteger a família.

São mães da nação *mohawk*. Elas olham as crianças crescerem e se tornarem adultos. São as mães que dirigem as *Sociedades de Curas*. Enfim, a mãe realmente orquestra a vida aqui na terra. Portanto, nunca devemos envergonhar-nos daquela que chamamos de mãe.

À minha mãe e minha avó, que já morreu, digo obrigado. Pela dor que passou no meu nascimento, por ensinar-me distinguir o bem do mal e como ser bom pai.

Obrigado minha esposa, mãe de meus filhos!

TOM PORTER, CHEFE DO CLÃ DOS URSOS,
POVO *MOHAWK* (ESTADOS UNIDOS), 1987[58]

58 In: *Mensageiro. Estudo 4*. Belém: Cimi Norte II, v. 52, jul-ago. 1988, p. 80.

Código de conduta

Levante-se com o sol para orar. Ore sozinho com frequência. O Grande Espírito o escutará, se você ao menos falar com Ele.

Seja tolerante com aqueles que estão perdidos pelo caminho. A ignorância, o convencimento, a raiva, o ciúme e a avareza originam-se de uma alma perdida. Ore para que eles reencontrem o caminho do Grande Espírito.

Procure conhecer-se a si mesmo. Não permita que outros façam seu caminho por você. É sua estrada e somente sua! Outros podem andar a seu lado, mas ninguém poderá andar por você.

Trate os hóspedes em sua casa com muita consideração. Sirva-lhes o melhor alimento, a melhor cama e trate-os com respeito e consideração.

Não tome o que não é seu, seja de uma pessoa, de sua comunidade, da natureza ou da cultura. Se não lhe foi dado, não é seu.

Respeite todas as coisas que foram colocadas sobre a Terra, sejam elas pessoas, plantas ou animais.

Respeite os pensamentos, os desejos e as palavras das pessoas. Nunca interrompa os outros, nem os ridicularize, nem rudemente os repreenda. Permita a cada pessoa o direito de se exprimir livremente.

A natureza não é para nós. Ela é uma parte de nós! Toda natureza faz parte da nossa família terrena.

As crianças são as sementes do nosso futuro. Plante amor em seus corações e regue com sabedoria e lições de vida. Quando forem grandes, dê-lhes espaço para que continuem crescendo.

Evite machucar o coração das pessoas. O veneno da dor causada aos outros retornará a você.

Seja sincero e verdadeiro em todas as situações. A honestidade é o grande teste para a nossa herança do Universo.

Respeite a privacidade e o espaço pessoal dos outros. Não toque o bem dos outros, especialmente os objetos religiosos e sagrados.

Comece sendo verdadeiro consigo mesmo. Se você não puder nutrir e ajudar a si próprio, não poderá nutrir e ajudar os outros.

Respeite outras crenças religiosas. Não imponha sua crença aos outros.

Compartilhe seus bens com os outros e faça-o com amor.

Conselho Intertribal da América do Norte[59]

59 Este conselho é formado pelos povos das famílias macroalonquino e macro-*sioux*: *cherokee*, *blackfoot*, *lumbee*, *comanche*, *mohawk*, *willou cree*, *plains cree*, *tuscarora*, *sicangu*, *lakota*, *sioux*, *crow* e *cheyenne* do norte.

Temos alegria em repartir

Nesses 500 anos, os pataxós *hã-hã-hãe* sofreram muita tortura, massacres, estupros, essa história de violência toda. Para nós, não tem alegria em ver nosso território invadido, nosso povo sendo expulso, sendo discriminado. A justiça não cumpre os prazos constitucionais, não demarca as terras. E, quando os povos indígenas tomam a iniciativa de retomar suas terras, enfrentam todo tipo de agressões.

Então, o que eu digo desses 500 anos é que foi um tempo de amargura, de angústia, de morte, que enfrentamos com uma resistência muito grande. Fomos obrigados a lutar para defender a nossa vida.

Queremos dizer alguma coisa para a sociedade toda: queremos mostrar que nós não estamos lutando contra eles, mas que somos também parte dessa sociedade, só que com nossas diferenças.

Queremos que os brancos aprendam a respeitar uma sociedade diferente. Os índios são civilizados, não com a civilização do branco, mas, sim, com uma civilização de cada povo. Hoje nós olhamos, quando chegamos numa cidade, muita gente que se diz civilizada, mas maltrata seu semelhante, deixa suas crianças por aí pedindo, esmolando, passando dificuldades.

Você entra nos órgãos públicos, vê tudo aquilo, vê o luxo, depois, lá fora, vê gente passando fome, gente igual, só que pobre.

Então, o medo que nós temos de perder nossas terras é o de ver realmente o nosso povo na rua, dormindo debaixo de viaduto, caído debaixo das marquises, mendigando.

Então, essa não é a nossa civilização. Nós somos de um pensamento diferenciado da civilização de vocês. Nós não ensinamos nossos filhos a pedir, ensinamos a repartir e a lutar para que não falte a alimentação.

Nós não deixamos nosso povo sofrer, como o governo faz e a sociedade dos brancos aceita que aconteça. Como podem ver suas crianças na rua? Como podem ver famílias sem ter o que comer, revirando lixo? Nós não deixamos. Nós temos alegria em repartir.

Se uma família tem para comer e chegam outros que não têm, ela faz alimento suficiente para todos. Nós não temos coragem de deixar um parente sair com fome se temos comida guardada. A gente come junto, depois se apega com Deus e vai, com certeza, adquirir mais. Por isso, também, se temos a nossa terra demarcada e na nossa mão, teremos condições de adquirir nosso alimento e de repartir entre nós.

Nosso povo é organizado, sempre foi. Tem povos nesse Brasil que abrangem até 30 mil pessoas, e essas pessoas todas respeitam umas poucas lideranças, sem precisar de soldados e de cadeias. Nós não temos cadeia para nossas aldeias, temos conselhos para dar ao nosso povo e eles acatam. Nós procuramos educar nossos filhos para crescerem já desse jeito.

Nossos velhos têm seu lugar, não estão por aí passando dificuldade. A nossa organização interna controla todo o povo com respeito. E todos os povos vivem sem passar fome. Já nas cidades com 30 mil habitantes, nessa lógica dos brancos, precisa de poder de arma, de polícia, de juiz, de tanta gente para governar e nem assim se consegue controlar, pois as cadeias vivem cheias de gente, e as ruas cheias de mendigos.

Por isso é que a gente não combina com essa sociedade branca. O sistema deles é totalmente diferente do nosso dia a dia, do nosso jeito de ser dentro das áreas indígenas. A sociedade branca tem de entender e respeitar esse nosso jeito.

Quando a gente pensa nos outros 500, sabemos que nós temos muitas coisas para ensinar, conhecemos muitos caminhos. Queremos aprender os caminhos de outros também e que eles aprendam os nossos. Daí, certamente, vão nascer os "outros 500".

Esperamos que o futuro seja de alegria, de justiça. Nesses próximos cinco séculos, quem sabe a gente consiga se articular melhor, organizar e entender que no Brasil, estando juntos, vamos conseguir reconquistar os direitos de todos.

Nós, povos indígenas, reivindicamos, pelo menos, essas terras que hoje são nossas, ou que estamos retomando, para poder sobreviver. Pelo menos um atendimento à saúde adequado às nossas comunidades, uma escola que seja do nosso jeito, que respeite a gente.

NAILTON MUNIZ, PATAXÓ *HÃ-HÃ-HÃE*,
DA TERRA INDÍGENA CARAMURU-CATARINA PARAGUASSU[60]

60 O povo pataxó *hã-hã-hãe* vive em várias aldeias na região de Itabuna, no sul da Bahia, enfrentando até hoje conflitos com os fazendeiros que ocuparam irregularmente suas terras, os quais resultaram em muitas mortes, sendo a de Galdino a mais trágica, queimado num ponto de ônibus em Brasília. In: *Porantim*. Brasília: Cimi, n. 223, março de 2000, p. 5.

Queremos construir outros 500

Os povos indígenas, os sem-terra, os sem-teto, os desempregados, os meninos e meninas de rua, os trabalhadores escravos, aposentados, desrespeitados em sua dignidade, toda a população marginalizada tem uma bandeira única para os "outros 500", que é a transformação desse sistema que nos oprime.

Nossos direitos e ideais fazem parte dos projetos de uma sociedade melhor para todos.

Nós, povos indígenas, passaremos mais 500 anos, se preciso for, dizendo a todos os excluídos essa verdade.

E quando (um dia) todos nós estivermos unidos em torno dessa causa, os governantes não serão mais ninguém, apenas uma névoa que um dia manchou a história dessa terra e o horizonte dessa gente.

Nós, oprimidos, vamos corrigir essa história e construir um mundo melhor para os nossos filhos e também para os filhos de quem nos tem oprimido, construir uma sociedade justa para todos.

Maninha Xukuru-Kariri [61]

61 Líder do povo *xukuru-kariri*, falecida em 2007 pela falta de atendimento médico. Este povo vive nas terras indígenas Fazenda Canto e Mata da Cafurna (AL). In: CIMI. *Outros 500: construindo uma nova história.* São Paulo: Salesiana, 2001, 2ª capa.

BIBLIOGRAFIA

ACEVAL, Benjamim. *Encuentro Nacional de Líderes Indígenas*. Paraguai, março/1993, mimeo.

ARM – *Actualitées Religieuses dans le Monde*. Paris, v. 125, 15.9.1994.

ASSINDI. *Índios na visão dos índios*. Maringá: Associação Indigenista, 2007.

BORBA, Telêmaco. *Actualidade Indígena*. Curitiba: Typographia e Lytographia Paranaense, 1908.

BROTHERSTON, Gordon; MEDEIROS, Sérgio (org.). *Popol Vuh*. São Paulo: Iluminuras, 2007.

CADOGAN, León. *Ayv Rapyta, textos míticos de los mbyá-guarani del Guairá*. Asunción: Biblioteca Paraguaya de Antropologia, 1977.

CESARINO, Pedro de N. Os poetas. *Suplemento Mais*! São Paulo: Folha de S.Paulo, 18.1.2009, p. 4.

CIMI. *Outros 500: construindo uma nova história*. São Paulo: Salesiana, 2001.

CIMI. *Testemunha de resistência e esperança*. Brasília: Cimi, 1990.

CIMI-ELAPI. *E Tomantzin veio morar conosco*. Belém: Mensageiro, 2003.

CISA – Conselho Indígena Sul-Americano. *Pueblo Índio*. Lima, ano III, n. 3, fev. 1984.

CORTÊS, Clélia; MOTTA, Erimita. *História da Reconquista de Mirandela*. Brasília: MEC/SEF/UFBA, 2000.

EDUCADORES TUPINIKIM E GUARANI; MUGRABI, Edivanda. *Os Tupinikim e Guarani contam...* Vitória MEC/FNDE, 1999.

ENDEPA. *Mapuche, gente de la Tierra*. Boletim *Terra=Vida*, Formosa (Argentina): Equipo Nacional de Pastoral Aborigen-Endepa, s/d., v. 2.

KROEMER, Gunter. *Kunahã Made, o povo do veneno*. Belém: Mensageiro, 1994.

LÉRY, Jean de. *História de uma viagem feita à terra do Brasil*. Tradução de Monteiro Lobato. São Paulo: Companhia Editora Nacional, 1926.

PORTILLA, Miguel L. *A conquista da América Latina vista pelos índios*. Tradução de Augusto A. Zanatta. Petrópolis: Vozes, 1984.

MAGALHÃES, Amílcar B. de. *Impressões da Comissão Rondon*. 5. ed. São Paulo: Companhia Editora Nacional, 1942.

MCLUHAN, T. C. *Pés nus sobre a terra sagrada*. Porto Alegre: L&PM, 1996.

MENSAGEIRO. Estudo 4. Belém: Cimi Norte II, v. 52, jul.-ago. 1988.

__________. Estudo 6. Belém: Cimi Norte II, v. 71, set.-out. 1991.

MINDLIN, Betty; Narradores Indígenas. *Terra grávida*. Rio de Janeiro: Rosa dos Tempos, 1999.

MOLINA, Cristóbal de (el Cuzqueño). *Fábulas y ritos de los incas*, (c. 1573). Lima, Imprenta y Libreria Sanmartin, 1916.

PORANTIM. Brasília: Cimi, n. 223, março de 2000, p. 5.

ROQUETTE-PINTO, E. *Rondônia*. 3ª ed. São Paulo: Companhia Editora Nacional, 1934 (Col. Brasiliana, v. 39).

SCHADEN, Egon. *Leituras de etnologia brasileira*. São Paulo: Companhia Editora Nacional, 1976.

SEM FRONTEIRAS. São Paulo, n. 272, set. 999.

SUESS, Paulo (org.). *A conquista espiritual da América Espanhola*. Petrópolis: Vozes, 1992.

THEVET, Fr. André. *La Cosmographie Universelle*. Paris: Guillaume Chaudiere, 1575, v. 2.

YANOMAMI. *A todos os povos da terra*. São Paulo: CCPY, Cedi; Brasília: Cimi, NDI, 1990.

CRÉDITOS

A criação do mundo

E OUTRAS BELAS HISTÓRIAS INDÍGENAS

GERENTE EDITORIAL: Rogério Carlos Gastaldo de Oliveira
EDITORA-ASSISTENTE: Andreia Pereira
AUXILIARES DE SERVIÇOS EDITORIAIS: Rute de Brito e Mari Tatiana Kumagai
PROJETO GRÁFICO: Gilberto Tomé | Fonte Design
PREPARAÇÃO DE TEXTO: Tássia Gomes Santana
REVISÃO: Sílvia Balderama
PRODUTOR GRÁFICO: Rogério Strelciuc

Avenida das Nações Unidas, 7221 – Pinheiros
CEP 05425-902 – São Paulo – SP
Tel.: (0xx11) 4003-3061
WWW.COLETIVOLEITOR.COM.BR
ATENDIMENTO@ATICASCIPIONE.COM.BR

10ª tiragem, 2024

CL: 811023
CAE: 577004

Dados Internacionais de Catalogação na Publicação (CIP)
(Câmara Brasileira do Livro, SP, Brasil)

A criação do mundo e outras belas histórias indígenas /
Emerson Guarani e Benedito Prezia, (orgs.) ;
prefácio de Betty Mindlin.
São Paulo : Formato Editorial, 2011.

Bibliografia.
ISBN 978-85-7208-750-6 (aluno)

1. Ensino fundamental 2. Mitologia indígena
3. Povos indígenas – Brasil 4. Povos indígenas –
Cultura I. Guarani, Emerson. II. Prezia, Benedito.
III. Mindlin, Betty.

11-11318 CDD-372.8

Índice para catálogo sistemático:
1. Cultura indígena : Ensino fundamental 372.8

SOBRE OS ORGANIZADORES

Emerson Oliveira Souza

Guarani nhandeva, formou-se em Ciências Sociais pela Pontifícia Universidade Católica de São Paulo (PUC-SP) em 2010. Como aluno do cursinho Foco Vestibular da PUC-SP, foi um dos contemplados com o Prêmio Diversidade na Universidade, patrocinado pela Unesco e pelo MEC. Em 2007, ingressou na universidade através do Programa Pindorama, na qual foi um dos idealizadores do Retomada Indígena, evento que ocorre anualmente nessa universidade, colocando em pauta a questão indígena. Em 2010, participou do Programa Educação, História e Sociedade, da pós-graduação da PUC-SP, com o projeto *A Educação Escolar no Centro-Oeste Paulista*, visando reconstruir a história e tornar o indígena "sujeito do conhecimento", e não apenas "objeto de pesquisa". É membro do Comitê Regional da Funai – Coordenação Regional do Litoral Sudeste-SP, no qual tem proposto uma maior articulação, proposição, discussão, gestão e controle social das políticas públicas com a participação de indígenas que vivem no contexto urbano. Atualmente trabalha na rede municipal de ensino de São Paulo, onde busca apresentar uma nova visão sobre os povos indígenas, que poderá inspirar sua dissertação de mestrado.

Benedito Antônio Prezia

Com formação em Filosofia, atuou em movimentos populares na periferia de São Paulo no final dos anos 1970. Em 1983, transferiu-se para Brasília, onde trabalhou por oito anos no Conselho Indigenista Missionário - Cimi, no setor de publicações. Retornando a São Paulo, em 1997, defendeu uma dissertação de mestrado em Linguística Geral na USP com o título *Os indígenas do planalto paulista nas crônicas quinhentistas e seiscentistas,* posteriormente publicado (2. ed., Humanistas/USP, 2009). Em 2008, doutorou-se em Antropologia pela PUC-SP com a tese *Os Tupi de Piratininga, acolhida, resistência e colaboração,* analisando a relação dos tupis frente à colônia e à missão. Desde 2002 faz parte da coordenação do Programa Pindorama para universitários indígenas na PUC-SP. É autor de vários paradidáticos, entre os quais *Terra à vista, descobrimento ou invasão* (27. ed., Ed. Moderna, 2010), *Virando gente grande* (Moderna, 2010); e co-autor de *Esta terra tinha dono* (6. ed., FTD, 2000), *Brasil indígena, 500 anos de resistência* (FTD, 2000) e *Povos indígenas, terra é vida* (6. ed., Atual, 2009).

SOBRE O ILUSTRADOR

Gilberto Tomé

Artista gráfico, formou-se em Arquitetura e Urbanismo pela Universidade de São Paulo. Desde 1996 vem desenvolvendo projetos gráficos e ilustrações, tendo recebido menção honrosa do Prêmio Jabuti, em 2003, pela capa do livro *Cacilda Becker, fúria santa*. Para saber mais, acesse www.gilbertotome.art.br.